insel taschenbuch 4711
Thomas Montasser
Eine himmlische Katastrophe

Ein altes Kloster in einem ebenso bezaubernden wie vergessenen Winkel im Burgund. Drei betagte Nonnen, die mehr schlecht als recht den Laden am Laufen halten. Und Louise, eine junge Frau aus der Pariser Banlieue, die ein Talent hat, in Schwierigkeiten zu geraten. Die Schwestern sind allerdings keineswegs so harmlos, wie sie zunächst scheinen – und Lou hat noch ganz andere Qualitäten, als man ihr zugetraut hätte.

Was als Katastrophe beginnt, erweist sich schon bald als himmlische Fügung. Denn mit Lous Hilfe werden die drei Nonnen nicht nur all ihre finanziellen Probleme los, sondern als »Ein göttlicher Harem« plötzlich weit über die Grenzen des Burgund berühmt …

Thomas Montasser arbeitete als Journalist und Universitätsdozent und war Leiter einer kleinen Theatertruppe. Er ist Vater von drei Kindern und lebt mit seiner Familie in München. Er liebt Swing, alte Bücher und Frühstück im Freien. Es gibt für ihn nichts Erholsameres, als ein gutes Buch zu lesen (außer natürlich: eines zu schreiben).

Im insel taschenbuch ist außerdem erschienen: *Der Sommer der Pinguine* (it 4646)

THOMAS MONTASSER

Eine himmlische Katastrophe

Roman | Insel Verlag

3. Auflage 2020

Erste Auflage 2019
insel taschenbuch 4711
Originalausgabe
© Insel Verlag Berlin 2019
Alle Rechte vorbehalten, insbesondere das der Übersetzung,
des öffentlichen Vortrags sowie der Übertragung durch
Rundfunk und Fernsehen, auch einzelner Teile.
Kein Teil des Werkes darf in irgendeiner Form
(durch Fotografie, Mikrofilm oder andere Verfahren)
ohne schriftliche Genehmigung des Verlages reproduziert
oder unter Verwendung elektronischer Systeme
verarbeitet, vervielfältigt oder verbreitet werden.
Vertrieb durch den Suhrkamp Taschenbuch Verlag
Umschlag: zero-media.net, München
Umschlagabbildung: FinePic®, München
Satz: Satz-Offizin Hümmer GmbH, Waldbüttelbrunn
Druck: CPI – Ebner & Spiegel, Ulm
Printed in Germany
ISBN 978-3-458-36411-5

Eine himmlische Katastrophe

Bleaumont

UNVORHERGESEHENES

Wann genau und wie sich die im Folgenden zu erzählende Geschichte entsponnen hat, lässt sich nicht mehr genau rekonstruieren. Vielleicht war es an Weihnachten, als plötzlich die Heizung ausfiel – und niemand wagte, Monsieur Bertin von seiner Familie wegzuholen. Vielleicht war es, als Schwester Sophie sich den Fuß brach und das Geld für ein Taxi nach Beaune oder Dijon fehlte. Womöglich war es aber auch erst, als in Schwester Madeleines Kräutergarten der Zauber der Blüte sich entfaltete und tausend Düfte die Luft parfümierten. Was sich sicher sagen lässt, ist, *wo* unsere Geschichte begann: in dem kleinen, vom Rest der Welt nie sonderlich beachteten, inzwischen aber völlig vergessenen Kloster Notre-Dame-de-Bleaumont, einem in die Jahre, um nicht zu sagen: in die Jahrhunderte gekommenen Weiler aus zwei charmanten, aber längst baufälligen Gebäuden, deren eines den Nonnen als Refektorium diente, während das andere Wirtschaftsräume, die Klosterküche und den Speisesaal beherbergte. Darüber thronte natürlich eine Kirche, die wie so häufig in mittelalterlichen Klöstern, dramatisch überdimensioniert war, und deren Turm stolz in den lieblichen Frühlingshimmel des Burgund ragte – wenn auch ohne Glockengeläut, denn aus Gründen der Baufälligkeit des Gemäuers wagte niemand mehr, die mächtige Glocke zu schlagen, der man – wie auch dem Kirchturm –

einst aus längst unerfindlichen Gründen den Namen »Petit Frère« gegeben hatte.

In jenem Kräutergarten nun trug es sich eines schönen Sonntags im Mai zu, dass Schwester Madeleine von einem unbekannten Besucher überrascht wurde. Sie bemerkte, wie jemand plötzlich hinter ihr stand. Es muss an der Stelle erwähnt werden, dass es in Notre-Dame-de-Bleaumont eher unüblich, wenn nicht gar unwahrscheinlich ist, dass Dinge »plötzlich« geschehen. Das mag erklären, weshalb Schwester Madeleine sich erschrocken umwandte und mit ihrer Gießkanne auf die unerwartete Besucherin zielte, als wäre es eine Pistole, und dass ihr »Ja bitte?« für unbefangene Ohren eher nach einem »Hände hoch!« klang.

Die Besucherin schien davon indes keineswegs beeindruckt. Vielleicht war sie von ihrem gewöhnlichen Umgang her ein »Hände hoch!« viel eher gewöhnt als ein »Ja bitte?«. Schließlich war sie ein Geschöpf der Banlieue, eine junge Frau, die kaum weniger Schwarz an sich trug als die Schwestern, wenn auch mit deutlich weniger Stoff.

»Bonjour«, sagte sie und kaute auf ihrem Kaugummi herum, während ihr Blick skeptisch das alte Gemäuer musterte. »Ich suche Schwester Madeleine.«

»Bonjour, Mademoiselle«, erwiderte die Nonne, stellte die Gießkanne beiseite und wischte sich die Hände an ihrer Schürze ab, die sie stets zur Arbeit im Kräutergarten trug. Sie trat auf die Besucherin zu. »Sie haben sie gefunden.«

»Ach ... du bist meine Tante?«

»Deine Tante?« Schwester Madeleine betrachtete neugierig das Gesicht der jungen Frau und kam nicht umhin, eine

gewisse Ähnlichkeit mit ihrem missratenen Bruder zu entdecken – aber auch einen irgendwie melancholischen Zug,
der ihr das Mädchen spontan sympathisch machte. »Dann
bist du Louise? Die Tochter von Serge?«

»Sieht so aus.« Der Kaugummi schien eine zwanghafte
Angelegenheit zu sein.

»Was führt dich zu mir?« Schwester Madeleine reichte
ihrer Nichte die Hand und zögerte, ob sie sie umarmen
sollte, entschied sich dann aber dagegen, schon aus Angst,
einer der zahlreichen Ringe und Haken, die der unerwarteten Besucherin an allen möglichen und unmöglichen Stellen aus der Haut ragten, könnte an ihrer Tracht hängen
bleiben.

»Bof«, sagte Louise, und Schwester Madeleine sollte bald
feststellen, dass dies offenbar ein Lieblingswort ihrer Nichte war. »Ich soll ein paar Tage hier bei dir bleiben.«

»Hier … bei mir … bleiben?« Es ist eine der schönen
Eigenheiten des Klosterlebens, dass man sich – zumindest
im fortgeschrittenen Alter – nicht sehr häufig in Ratlosig-
keit üben muss. Weshalb der Chronist an dieser Stelle ein
ausgiebiges Schweigen zu verzeichnen hat. »Aber ich weiß
nicht …«, sagte schließlich die junge Frau, während ihr un-
gläubiger Blick wieder und wieder über die Risse in den
alten Steinwänden des Wirtschaftsgebäudes und über das
sich bedenklich senkende Schieferdach wanderte.

»Nun komm erst einmal herein zu uns und trink ein Glas
Limonade«, schlug Schwester Madeleine vor und nahm
ihre Nichte am Arm. Wie alt sie wohl sein mochte? Zwanzig? Zweiundzwanzig? Serge war ein Scheusal. Wie konnte er in seinem Alter …? Gut, er mochte zehn Jahre jünger

sein als Madeleine. Und wenn das Mädchen jetzt zwanzig war, dann hätte er, nun gut, mit Mitte vierzig … Aber dennoch! Er war ein Wüstling! Nun, das war ja auch nichts Neues. Serge war schon immer das schwarze Schaf der Familie gewesen.

»Habt ihr auch so was wie eine Cola da?«, warf das Mädchen ein und ließ sich – fast schien es, ein wenig widerstrebend – von der Nonne über die Schwelle des Klosters schubsen.

»Cola? Woher sollen wir denn Cola haben?«

»Na, wenn ihr Limo kauft, dann könnt ihr doch auch Cola kaufen, oder?« Louise blieb in dem düsteren Raum stehen, in den Schwester Madeleine sie gebracht hatte.

»Kaufen? Wer spricht denn von kaufen.« Ein leises Kichern entrang der schmalen Brust der Nonne. »Warte ab! Setz dich hier hin!« Sie zeigte auf den Lieblingsplatz von Schwester Agathe, oder vielmehr: Schwester Agathe selig. Denn die Mitschwester war zum Leidwesen der ganzen Klostergemeinschaft an Mariä Himmelfahrt entschlafen. Vor sechs Jahren.

»Bof«, sagte die junge Frau und warf sich auf die Sitzbank, die ächzte, aber ihre Pflicht tat, so wie alle in diesen Mauern, seit vielen Jahren. Klaglos und voll Gottvertrauen.

Es gibt nicht viele Landstriche auf dem Erdenrund, die der Herr hingebungsvoller gestaltet hat, als die Côte-d'Or, das Herzstück des schönen Burgund. Wenn auch seit Jahrhunderten vom Rest der Welt weitgehend unbeachtet, wissen die Burgunder, was sie an ihrer Heimat haben. Sie pflegen sie mit der liebevollen Nachlässigkeit, deren so nur die Franzosen fähig sind, und würdigen sie mit der nachlässigen Liebe verwöhnter Ehepartner, die sich entsprechender Gegenliebe sicher sind. Kein städtischer Moloch zerstört, keine infrastrukturellen Monster zerklüften die Landschaft, die in lieblichen Wellenbewegungen durch die Mitte des Kontinents fließt. Und in der Mitte dieser Mitte liegt ein kleiner Ort namens Bleaumont, der, ungeachtet seines Namens, nicht auf einem Berg, sondern in einem etwas abgelegenen Tal beheimatet ist, durch das einer jener zahllosen Bäche fließt, die wenige Kilometer weiter in die stolze Saône münden. Bleaumont besteht aus wenig mehr als einem Dutzend Gehöften, von denen die meisten dem Weinbau verschrieben sind, was den Besitzern in früheren Generationen großen Wohlstand bescherte und heute immerhin noch eine gewisse Anerkennung und den Trost eines selbstgezogenen guten Tropfens, mit dem sich auch kargere Mahle zu kulinarischen Highlights veredeln lassen.

Das Kloster Notre-Dame-de-Bleaumont liegt im hintersten Winkel dieses Örtchens, eher noch ein Stück weiter. Wer es nicht kennt, wird es niemals entdecken – ein Umstand, der zwar kein sorgenfreies, aber unbedingt ein stressfreies Leben gewährleistet. Die Schwestern freilich hätten gesagt: ein gottgefälliges Leben.

Während die Mönche, die vor Jahrhunderten das Kloster gegründet und bewirtschaftet hatten, noch Weinbau betrieben, hatten sich die Nonnen, die im fünfzehnten, manche behaupten auch im sechzehnten Jahrhundert in die heiligen Mauern einzogen, der Käserei gewidmet. Nicht, dass sie diese in auch nur annähernd so großem Stil betrieben hätten wie weiland die Mönche die Winzerei. Aber der Bleu de Bleaumont galt Kennern als eine herausragende Köstlichkeit – anderen Käsern jedoch als außergewöhnliches Ärgernis, da niemand das Rezept zu kopieren vermochte, in dem sich eine herbwürzige Kräuterkruste mit einem milden, aber charaktervollen Blauschimmel in sehr gleichmäßiger Struktur verband. Die einen sahen eindeutig Gottes wohlwollende Hand im Spiel, die anderen diagnostizierten schlicht Hexerei.

Schwester Agathe war die Siegelbewahrerin des klösterlichen Rezepts gewesen, und sie hatte dieses vertrauensvoll in Schwester Lucies Hände gelegt, ehe sie sich selbst vertrauensvoll dem Herrn überantwortet hatte. Es war mithin Schwester Lucies Ehre und Aufgabe, das Wissen vieler Generationen, die den Bleu de Bleaumont zur heimlichen Krone der Käserei entwickelt hatten, in die Zukunft zu tragen. Was weiter nicht schwierig gewesen wäre, hätte es nicht einen unerwarteten und zähen Widersacher gegeben. Dabei ist keineswegs die Rede von einer kapitalistischen Großmolkerei in der Umgebung oder einem missgünstigen Gourmetkritiker, der den Käse gewissermaßen mit der Feder exekutiert hätte, nein, die Rede ist von einem wahrhaft großen Gegner: dem Bleu de Bleaumont selbst. Hatte er sich Schwester Agathes Wirken hingegeben wie eine Kurtisane den kundigen Händen ihres Maître-de-Beauté oder – vielleicht der passendere Vergleich – die Orgel der Klosterkirche sich Schwester Sophies begnadeten Fingern, schien er sich vom ersten Moment an gegen Schwester Lucie zu sträuben. Vom Ansetzen der Molke über das Formen der kleinen Laibe bis hin zur Trocknung und Reifung der Rinde fehlten an allem zehn Prozent – was sich bei mindestens zehn unterschiedlichen Arbeitsschritten zu einem bestürzenden Ergebnis summierte. Das zumindest war der Verdacht der drei Nonnen, die lange darüber gegrübelt und beraten hatten, ohne dem Geheimnis des Misserfolgs letztlich auf die Spur zu kommen.

Entsprechend waren in der jüngeren Zeit die Verkäufe ziemlich zurückgegangen, was die notorische Finanznot der kleinen Gemeinschaft erheblich verschärfte. Denn außer dem Bleu de Bleaumont, den Kräutermischungen von Schwester Madeleine, der kargen Pacht des angrenzenden Klosterguts und den gütigen Gaben der wenigen, die dieses kleine Kloster überhaupt kannten und bereit waren, den Nonnen mit einer gelegentlichen bescheidenen Spende unter die Arme zu greifen, gab es keinerlei Einnahmequellen.

Gewiss, drei alte Damen benötigen nicht viel, zumal dann nicht, wenn sie ein Leben als Bräute Christi führen. Doch sind die kleinen Freuden, die ein Leben bei Gebet und Arbeit bietet, durchaus nicht zu unterschätzen. Und bei einem guten Glas Wein, einem von Schwester Brigittes berühmten Baguettes, etwas Käse und allabendlicher, mehr oder weniger geistlicher Hausmusik lässt sich ein im Übrigen kärgliches Dasein dennoch freudvoll und dankbar fristen.

Nur leider war Schwester Brigitte ebenfalls vor einigen Jahren himmelwärts gefahren und unter den verbliebenen Schwestern hatte sich keine gefunden, die nur annähernd vergleichbares Brot zu backen imstande war. Denn Schwester Brigitte und Schwester Agathe waren die bislang letzten in einer langen Reihe. Es schien, als hätte der Herr jahrhundertelang gesät und sich nun entschlossen, zu ernten: all jene zu sich zu rufen, deren Aufgabe im klösterlichen Alltag auf Erden erfüllt war. Jedenfalls blieb weitere Saat aus, sprich: Es kamen einfach keine jungen Frauen. Stattdessen starben die alten Schwestern weg. Und mit ihnen ging nicht nur vieles an Wissen und Wirken aus der Welt, es verschwand auch etwas anderes, was dem klösterlichen Leben ebenso segensreich wie unverzichtbar ist: Arbeitskraft. Die verbliebenen Schwestern kämpften, versuchten, all die Aufgaben zu erfüllen, die der Alltag mit sich brachte. Doch es führte kein Weg daran vorbei: Wenn in einem Kloster, wie klein es auch immer sei, nur noch drei Nonnen verblieben sind, von denen die mit Abstand jüngste vierundsiebzig Jahre zählt, dann muss man gewisse Abstriche machen. Die Erwartungen an das, was noch kommen mochte, wurden schlicht geringer. Was nicht bedeutete, dass man manches nicht erwartet hätte. Zum Beispiel den Brief aus Rom. Der kam keineswegs unerwartet. Und er war äußerst unwillkommen. Allerdings nahm zunächst einmal für geraume Zeit niemand von ihm Notiz.

Louise Prevost, von ihren Freunden Lou genannt, von besonders engen auch Loulou, hatte sich den Besuch der kleinen Abtei nicht ausgesucht. Hätte man sie gefragt (und es sprach ihrer Meinung nach Bände, dass man es nicht getan hatte), so wäre ihr Urteil klar und eindeutig gewesen: Zwölf Wochen Klosterleben, das ging gar nicht. Dazu brauchte sie nicht einmal eine sehr konkrete Vorstellung davon zu haben, was ein Aufenthalt im Kloster bedeutete (und sie hatte nicht einmal eine unkonkrete). Das *wusste* sie einfach. Denn so viel war auch ihr bekannt, im Kloster saßen alte Jungfern, die sich gegenseitig langweilten und so taten, als seien sie besonders gute Menschen. Dass sie von einem Ort namens Bleaumont noch nie gehört hatte, hatte bei ihr schon alle Alarmglocken schrillen lassen. Doch selbst unter Aufbietung all ihrer Phantasie (und davon hatte sie durchaus einige) hätte sie sich nicht vorstellen können, *wie* abgelegen dieser Ort war. Dass sie überhaupt hierher gefunden hatte, grenzte schon an ein Wunder. »Wo ist denn hier eigentlich das Zentrum?«

»Zentrum?«, fragte Schwester Madeleine verwirrt.

»Die City«, erklärte Lou. »Die Stadtmitte.«

»Oh!« Ein Lächeln erhellte Schwester Madeleines Gesicht. »Das ist natürlich wie in jeder Stadt die Hauptkirche.«

»Die Hauptkirche?«

»Notre-Dame in Paris, Westminster in London, der Petersdom in Rom …«

»Also in Rom ist es sicher nicht der Petersdom«, erklärte Lou lässig. Ihr erster Freund war Römer gewesen und hatte sie mal mit dorthin genommen. Nun gut, eigentlich waren sie getrampt. Und Gianni hatte dieses bescheuerte Faible für die Alten Römer gehabt und sie tatsächlich auf das Foro geschleppt. Was genau genommen der Anfang vom Ende ihrer Beziehung gewesen war.

»Da hast du vielleicht sogar recht, Louise«, sagte Schwester Madeleine überrascht.

»Lou«, sagte Lou.

»Bitte?«

»Ich heiße Lou. Meine Freunde nennen mich so.«

»Oh. Und ich darf dich auch so nennen? Wie schön.« Einige Handgriffe später stellte die alte Nonne Lou ein großes Glas mit einer trüben Flüssigkeit und ein paar gezackten Blättern darin auf den Tisch. »Bitteschön.«

Vorsichtig nippte die Nichte an dem Gebräu, während sie die Chancen überschlug, hier schneller wieder wegzukommen als nach unvorstellbaren zwölf Wochen.

»Und?«

»Hm?«

»Wie schmeckt dir meine Limonade?«

Lou nippte noch einmal, stellte überrascht fest, dass das Zeug schmeckte, und blickte erstaunt auf. »Die ist wirklich geil, Tante.«

»Madeleine.«

»Bitte?«

»Ich bin Schwester Madeleine. Meine Freunde nennen mich Madeleine.«

»Oh. Und ich darf dich auch so nennen? Cool.« Und tatsächlich mussten sie beide lachen: die alte Dame, die ihr Leben Gott verschrieben hatte, und die junge Frau, deren einzige Gewissheit im Leben war, dass sie ihres niemandem verschreiben wollte. Und doch waren genau diese gegensätzlichen Lebensentwürfe der Grund dafür, dass sie an diesem Ort zusammenfanden.

Schwester Madeleine setzte sich zu ihrer Nichte und faltete die Hände. »Nun erzähl mal, Lou. Was führt dich zu mir?«

Verblüfft ließ Lou ihr Glas sinken. »Das weißt du nicht?« Sie berechnete kurz im Kopf die Wahrscheinlichkeit, dass ihre Tante den Anlass ihres Aufenthalts gar nicht erfahren würde. In dem Fall könnte sie mit dem nächsten Zug wieder abreisen. Doch wenn es rauskam, dann … »Ich hatte dir doch einen Brief geschrieben.« Was nur ein bisschen geschwindelt war, denn eigentlich hatte den Brief die Justizverwaltung geschrieben.

»Ach, ein Brief«, seufzte Madeleine lächelnd. »Vermutlich hat Schwester Sophie ihn noch gar nicht geöffnet. Oder er hängt im Postamt fest. Du musst wissen, dass wir hier nur sehr selten Post bekommen. Für die paar Briefe lohnt sich offenbar der Weg nicht. Und der Postbote weiß, dass bei uns die Uhren langsamer gehen.« Das glaubte Lou aufs Wort. »Was stand denn drin?«

»Bof. Egal. Jetzt bin ich ja hier«, erklärte Lou und beschloss, zumindest die Ankunft des Briefes abzuwarten. Vielleicht konnte sie ihn ja sogar abfangen oder sonst wie unschädlich machen.

»Und wie lange bleibst du?«

»Ich weiß nicht«, sagte Lou. »Vielleicht habt ihr gar keinen Platz für mich. Das ist ja ein ziemlich kleines … Kloster.«

»Keinen Platz? Machst du Witze? Bei uns sind in den letzten Jahren jede Menge Betten frei geworden.«

Hätte sie sich denken können, dass denen hier die Nonnen wegliefen. Lou konnte ein Grinsen nicht unterdrücken.

»Als Letzte ist Schwester Agathe gestorben.«

»Gestorben?« Und jetzt sollte sie sich in das Bett legen, in dem Schwester Agathe …

»Ja. Inzwischen leben wir hier nur noch zu dritt. Und wir können jede helfende Hand brauchen.«

»Helfende … Hand?« Lou blickte auf das leere Glas Limonade. »Ja«, murmelte sie zaghaft. »Klar.«

Schwester Madeleine nickte und legte lächelnd ihre schmale, alte Hand auf Lous. »Wie schön, dass du da bist. Die Mitschwestern werden sich freuen.«

Was die Tante als Mitschwestern bezeichnet hatte, erinnerte Lou eher an eine Art Freakshow. Neben ihrer Tante lebten in dem alten Gemäuer noch Schwester Sophie, die optisch an ein Walross erinnerte, in einem Rollstuhl saß, der aus dem vorletzten Jahrhundert stammen musste, und die sich überaus respektheischend gab – und Schwester Lucie, die aussah, als ernähre sie sich ausschließlich von Zitronen, so verkniffen und sehnig trat sie Lou gegenüber. Immerhin fand die junge Frau aus Grigny es ziemlich abgefahren, dass der Nonne, deren Alter sie irgendwo zwischen achtzig und scheintot ansiedelte, ein Zahn fehlte, und zwar an prominenter Stelle. Diese Lücke zeigte Schwester Lucie offenbar ausgesprochen gerne, denn wenn sie auch nur die Andeutung einer scherzhaften Bemerkung erahnte, breitete sich das breiteste Lächeln über ihr Gesicht. Man hätte sie als Mischung aus Mutter Theresa (die Lou nicht kannte) und Don Camillo (den sie ebenso wenig kannte) bezeichnen können. Und das war sie auch: eine patente, von Frömmigkeit wie von Listigkeit und Sanftmut erfüllte Frau, die sich keine Minute die Frage stellte, ob ihr Lebensentwurf der richtige gewesen war.

Diese drei also bemühten sich mehr oder minder erfolgreich, alles am Laufen zu halten, wohl wissend, dass ihnen entweder der Ruf Gottes die Arbeit abnehmen würde – oder ein Wunder. So oder so war es nur noch eine Frage von wenigen Jahren, bis die kleine Abtei endgültig ihr geistliches Leben aushauchte.

»Und das«, sagte Schwester Madeleine und deutete auf Lou, »ist meine Nichte Louise, das heißt: Lou. Sie ist gekommen, um ein paar Tage bei uns zu bleiben.«

Zwei Paar Augen starrten sie unverhohlen an und taxierten auch die Tattoos und Piercings an Lous Armen und ihrem Hals. Jetzt wüsstet ihr wohl gerne, wie weit die noch gehen, dachte sie ein bisschen angefasst, ein bisschen amüsiert. Klar, so was hatten die Ladies hier noch nie gesehen.

»Ich dachte«, erklärte Schwester Madeleine weiter, »wir könnten ihr die Zelle von Schwester Claire geben.«

Die beiden Mitnonnen nickten, während Schwester Madeleine ihrer Nichte unauffällig einen kleinen Schubs gab.

»Ähm, ja«, sagte Lou. »Hallo. Ich bin Lou. Freue mich, Sie kennenzulernen.« Das war gelogen.

»Hast du nur das als Gepäck?«, wollte Schwester Sophie wissen und deutete auf Lous kleinen Rucksack mit den Totenkopfbuttons.

»Soll ja nicht für lange sein.«

»Gut. Das passt zu unseren Regeln.«

»Regeln?« Lou hätte nicht gewusst, ob sie es ausgesprochen oder nur gedacht und ob es wirklich so alarmiert geklungen hatte, wie sie es empfand. Jedenfalls musste die Matrone im Rollstuhl nicht Luft holen, um zu erklären: »Wir legen Wert auf Keuschheit, Armut und Demut. Auch bei unseren Gästen.« Sie seufzte. »Auch wenn wir nur selten welche beherbergen.«

Kann ich mir denken, dachte Lou. Bei den Regeln.

»Das fängt damit an, dass man sich von all dem Tand freimachen sollte, den die Menschen heute so mit sich schleppen. Es braucht nicht viel, um ein erfülltes Leben zu führen. Das meint Armut. Und du wirst schnell feststellen, dass damit nicht Verzicht gemeint ist, sondern Konzentration. Konzentration auf das Wesentliche.«

»Kein Problem«, sagte Lou und schob sich einen neuen Kaugummi zwischen die Zähne. »Bisschen Wäsche und mein Handy reichen völlig. Mehr brauch ich nicht.«

»Wie schön«, entgegnete Schwester Sophie, und Lou meinte, ein seltsames Lächeln um ihre Mundwinkel zucken zu sehen. Machte sich die Alte über sie lustig?

»Demut«, sagte die Nonne und hob den Zeigefinger (Lou war versucht, an die Decke zu blicken, ließ es aber dann; sie wollte es sich nicht gleich mit den Nonnen verscherzen). »Das meint, dass du dich nicht wichtig nehmen sollst. Wer sich selbst zu wichtig nimmt, versündigt sich an der Welt.«

»Könnte von meiner Sozialarbeiterin stammen«, murmelte Lou.

»Bitte?«

»Nichts.« Lou zuckte mit den Achseln. »Und was ist das mit der Keuschheit?«

»Keuschheit fällt hier draußen nicht schwer.« Schwester Sophie verschränkte die dicken Finger ineinander und nickte zum Zeichen, dass alles Wichtige gesagt war – bis ihr einfiel, dass es noch ein paar ganz praktische Regeln gab: »Wir stehen um fünf Uhr auf. Du kannst dich aber nach dem Morgengebet noch einmal schlafen legen. Frühstück gibt es um sieben Uhr, zu Mittag essen wir um halb zwölf.«

»Mittag oder Frühstück?«

»Wie gesagt: Frühstück um sieben. Halb sechs Uhr Abendmahl. Wir essen immer gemeinsam. Eine von uns liest dann aus der Heiligen Schrift.« Ein schelmischer Ausdruck huschte über Schwester Sophies Gesicht. »Es wäre schön, wenn du das heute übernimmst.«

»Lesen?«

»Ja. Aus der Heiligen Schrift.«

»Aha. Und aus welcher?«

Schwester Madeleine legte ihr die Hand auf die Schulter. »Es gibt nur eine, Kind.«

Lou zuckte die Achseln. »Das sagt Abdollah Sabedi auch immer.«

»Wer?«, wollte Schwester Sophie wissen.

»Der Imam bei uns im Viertel.«

»Es wird sicher lustig mit dir«, erklärte jetzt Schwester Lucie, die bisher geschwiegen hatte, und zeigte ihre Zahnlücke.

»Bof. Mal sehen.«

Es roch in der Zelle, als hätten sie Schwester Claire gerade erst hinausgetragen. Immerhin gab es ein winziges Fenster, das sich unter Aufbietung aller Kräfte sogar einen Spalt breit öffnen ließ. Ansonsten gab es nicht viel. Schwester Sophie hatte nicht übertrieben. Nur ein Bett mit sensationell harter Matratze, ein Nachttischchen (mit Bibel), ein Tisch mit Kerzenständer (aber ohne Kerze), ein Stuhl, ein Kruzifix an der Wand. Aber kein Sofa, kein Bild, keinen Teppich, keine Kissen. Keine Farbe, nichts Gemütliches. Keinen Fernseher! Vor allem aber, und das bemerkte Lou erst, als ihre Tante diskret die Tür hinter sich geschlossen und sie allein gelassen hatte: kein Internet.

Lou prüfte die Einstellungen ihres Smartphones. Nicht mal ein Netz war in diesem Kabuff zu bekommen. Sie würde in den Garten gehen müssen, um mit der normalen Welt Kontakt aufzunehmen. Seufzend warf sie ihre Tasche auf das Bett, streifte Chucks und Socken ab, zum Glück war es warm. Sie würde sich frisch machen und dann schauen, ob es hier noch etwas anderes gab als Sterbenslangeweile und Totenstille.

Immerhin hatte ihr Schwester Lucie ein Handtuch gegeben. Rau, kratzig und verwaschen, aber, wie Lou feststellte, nach irgendetwas duftend, was sie mochte. Sie nahm es unter den Arm und spazierte barfuß über den Flur. Im Vorbeigehen hatte die Tante ihr die Tür gezeigt, hinter der die Badezimmer lagen. Ganz sicher war sie sich nicht mehr, welche der vielen Türen es gewesen sein mochte. Aber schließlich entdeckte sie die Waschräume. Weiße Kacheln zierten Boden und Wände, viele geborsten, manche verschollen. Mehrere Waschbecken ragten nebeneinander in den Raum. Rechter Hand mühte sich eine karge Abtrennung um etwas Intimsphäre. Dachte Lou zumindest. Sie zog ihre schwarze Jeans und ihr schwarzes T-Shirt aus, streifte den Slip ab, hängte den BH über die Trennwand und stellte sich unter die Dusche. Es dauerte eine Weile, bis Wasser kam, mehrmals musste Lou den Hahn auf- und wieder zudrehen, bis es endlich immer deutlicher in der Leitung gurgelte.

Den Schrei hatte man vermutlich durchs ganze Burgund gehört. Innerhalb von Augenblicken folgte ein weiterer Schrei, leiser zwar, aber nicht minder schockiert. Vielleicht wäre es allen Beteiligten weniger peinlich gewesen, wenn nicht Monsieur Bertin gerade in nächster Nähe versucht hätte, eine schadhafte Heckenschere wieder in Gang zu bringen. So war er schnellstens vor Ort. Und das Fenster, das nur angelehnt war, stellte kein Hindernis dar.

Es gibt verschiedene Deutungen, was den zweiten Schrei anbelangt. Der erste, da sind sich alle einig, war das Ergebnis einer Verkettung verschiedener Umstände: eines falschen

Selbstverständnisses von Coolness, einer nicht funktionierenden Heizung und der Tatsache, dass der Duschstrahl erst ein wenig Anlauf brauchte, dann aber umso kräftiger – und vor allem: eiskalt – auf Louise Prevost herabschoss.

Den zweiten Schrei sah Schwester Sophie eindeutig in der Tatsache begründet, dass Monsieur Bertin selten eine nackte junge Frau zu Gesicht bekam. Eine Art galanter Schreck also. Monsieur Bertin indes bestand darauf, dass ihn der Gesichtsausdruck Louises zu Tode erschreckt habe, der Rest der jungen Frau sei von seiner Warte aus gar nicht zu sehen gewesen. Schwester Madeleine hatte eine andere Theorie. Das mochte damit zu tun haben, dass sie als Erste vor Ort war und ihre zitternde Nichte noch in jenem Zustand sah, in dem Gott sie erschaffen hatte. Das heißt, nicht nur Gott, sondern auch ein oder mehrere Mitschöpfer, denen man weder Kunstfertigkeit noch Skrupellosigkeit absprechen konnte. Lous Körper war nämlich keineswegs nur an den Armen »verziert«. Vom sich über beide Schulterblätter erstreckenden Adler bis zum Totenkopf auf der rechten Po-Backe war ihre Nichte ein Gesamtkunstwerk in schillernden, wenn auch hauptsächlich düsteren Farben. Um ihre linke Brust wand sich eine Schlange und über dem Bauchnabel bildeten einige Piercings ein funkelndes Blutmal. Wem von allen Beteiligten es peinlicher gewesen war, das lässt sich rückblickend nicht ermitteln. Zweifellos versank Monsieur Bertin vor Scham im Erdboden. Wenn seine Frau von dem Vorfall erfuhr, nicht auszudenken! Von seinen Freunden, die er am selben Abend in der *Poste* zu treffen gedachte, ganz zu schweigen. Schwester Lucie, die für die Pflege der Räumlichkeiten zuständig war, war die Begebenheit kaum weniger unangenehm. Es wirkte ja geradezu, als stünden die Fenster des klösterlichen Baderaums absichtlich offen, um hoffnungsvollen Verehrern indiskrete Einblicke zu eröffnen. Schwester Madeleine indes fragte sich, wie sie die unzähligen und unaussprechlich scheußlichen Tätowierungen ihren Mitschwestern erklären sollte. Und Lou war die Sache schon deshalb unangenehm, weil sie alte Lüstlinge nicht ausstehen konnte (obwohl es ihr an sich nichts ausmachte, von egal wem nackt gesehen zu werden), vor allem aber: weil sie sich wie ein Weichei benommen hatte. Wie eine verwöhnte Prinzessin hatte sie gekreischt, als das Wasser aus dem Duschkopf geschossen war und sie im wahrsten Sinne des Wortes eiskalt erwischt hatte. Sie würden sie hier für Mademoiselle Mimose halten, und das passte exakt überhaupt nicht zu dem Bild, das Louise Prevost von sich selbst hatte – und noch weniger zu dem, das sie anderen von sich vermitteln wollte.

Nur Schwester Sophie schien die Angelegenheit mit einem gewissen Amüsement zu betrachten. »Das ist gut für den alten Bertin«, sagte sie. »Spült die Venen durch und weckt die Lebensgeister. Außerdem hilft es dem Gedächtnis auf die Sprünge.«

UNERHÖRTES

Bernard Bertin war für das kleine Kloster und die drei Nonnen etwa das, was man andernorts ein Faktotum genannt hätte. Die Schwestern betrachteten ihn als eine Art guten Geist und ließen auch keine Gelegenheit aus, das vor aller Welt kundzutun (oder vor dem, was von der Welt in eben-diesen abgelegenen Teil derselben den Weg fand). Das hat-te nicht nur damit zu tun, dass das meiste, was Monsieur Bertin ihnen und ihrem Kloster Gutes tat, für Gottes Lohn geschah. Überwiegend war es dem Umstand geschuldet, dass sich über all die Jahre, in denen er nun schon in den heiligen Räumen hämmerte und schraubte, sägte und hobelte, ein beinahe familiäres Verhältnis zwischen den Beteiligten ge-bildet hatte.

Eigentlich war Monsieur Bertin der Pächter des zum Klos-ter gehörenden Hofguts, eines kleinen Fleckens Land, den zu bestellen zwar ein Privileg, aber auch überaus harte Arbeit war. Denn die Böden waren karg und die Maße der Felder genügten nach heutigen Maßstäben längst nicht mehr für ein Auskommen, das eine Familie ernährte. Deshalb lag es nahe, dass der Pächter so gut wie jede Gelegenheit wahr-nahm, sich ein Zubrot zu verdienen. Wer ihn, der zweifel-los mit zwei linken Händen gestraft war, ausgerechnet da-zu angestiftet hatte, sich in handwerklichen Hilfsdiensten zu verdingen, würde wohl immer sein Geheimnis bleiben. Vielleicht hatte er schlicht die Herausforderung des Uner-hörten gesucht: die Aufgaben, deren erfolgreiche Erledigung jeder Wahrscheinlichkeit widersprach. Immerhin: Er bewäl-tigte sie allesamt. Manche mit größerem, manche mit geringerem Erfolg. Mit seiner Frau bewohnte Monsieur Bertin ein ebenso winziges wie baufälliges Anwesen nur gute hundert Meter vom Kloster entfernt. Die inzwischen achtzehnjährige Tochter Anne war ausgezogen und mit dem Sohn des örtlichen Garagenbesitzers durchgebrannt. Madame Bertin war eine eindrucksvolle, aber äußerst schüchterne Frau, deren Apfelkuchen weit über die Region hinaus berühmt war, was sie aber ganz bescheiden den alten Apfelsorten zuschrieb, die seit Jahrhunderten im Klosterhain wuchsen, der zu ihrem Gehöft gehörte und aus dem sich nach guter Tradition und Sitte der ganze Ort bediente (was nicht viel hieß, denn es gab in Bleaumont kaum mehr als hundert Einwohner).

Natürlich war Louise Prevost am Hof der Bertins vorbeigekommen, als sie die Straße zum Kloster entlanglief, und natürlich hatte sie das schiefe Häuschen nicht wahrgenommen, ebenso wenig wie den Stall, in dem allerdings schon lange nur noch ein paar Kühe lebten. Was für die einen wie ein Idyll aussah, war für die anderen ein trostlos vergessener Flecken Erde. Das Leben auf dem Land war hart. Schon immer gewesen. Und würde es immer sein. Vor allem, wenn man, wie die Bertins, nicht auf das Erbe eines stolzen Großgrundbesitzes mit Château und exquisitem Weinbau blickte. Umgeben von edelsten Lagen, mühte sich das Ehepaar mit einer Milchwirtschaft, die gerade ausreichte, den Bleu de Bleaumont zu nähren, etwas Obstbau, einem wöchentlichen Verkaufsstand auf dem Markt in Beaune und dem Anbau von Salat und Zwiebeln.

Nachdem Lou den Schock überwunden und sich widerwillig mit einem Glas Milch und einem Honigbrot gestärkt hatte (ihre Tante war nicht davon abzubringen gewesen), machte sie sich auf, die Gegend zu erkunden. Sie hatte nicht im Geringsten vor, sich in dem alten Gemäuer zwischen vergreisten Jungfern die Decke auf den Kopf fallen zu lassen. Überhaupt würde sie so schnell wie nur möglich wieder das Weite suchen, denn eines stand fest: An einem Ort wie Bleaumont zu leben war ungefähr so aufregend wie tot zu sein. Und wenn die französische Justiz sich nicht diese bizarre Strafexpedition für sie überlegt hätte, dann wäre sie in ihrem Leben nicht in ein solches Kaff gekommen – und schon gar nicht in ein Kloster.

Der Schotterweg war die reine Folter für Lous Füße. Sie hätte ihre Sneakers anziehen sollen. Die allerdings lagen zu Hause in Grigny unter dem Bett. Stattdessen hatte sie nur Sandalen und Chucks mitgebracht. Wer hätte denn ahnen können, dass es hier nicht einmal gepflasterte Straßen gab! Fluchend zog sie die Sandalen aus. Und wieder an. Schließlich entschied sie sich, den Schmerz zu ignorieren. Lächerlich. Da hatte sie schon ganz anderes überstanden. An einer Kreuzung versuchte sie sich zu orientieren. In welcher Richtung lag noch mal das Dorf? Instinktiv entschied sie sich, dem Gefälle zu folgen. Und tatsächlich stand sie eine Kurve später schon am Ortsschild: Bleaumont, Dptm. Côte-d'Or.

Sie würde im Zentrum nach einer Kneipe suchen, die WLAN hatte. Der Blick auf ihr Smartphone zeigte ihr, dass der Akku schon fast leer war. Eine Autowerkstatt erregte ihre Aufmerksamkeit. Joe's Garage. Immerhin. Es gab also noch Leben auf dem Planeten. Sie war sogar geöffnet. Lou steckte den Kopf durch die halbgeöffnete Scheunentür, hinter der sich die Firma versteckte. »Hallo? Jemand da?«

»Bien sûr!«, rief eine Männerstimme von irgendwo unter einem der dort stehenden Autos. Einem alten Citroën-Kastenwagen. »Einen Moment!«

Nach einer gefühlten Ewigkeit stand ein Mann in mittleren Jahren vor ihr und wischte sich die Hände an einem Lappen ab, von dem man kaum glauben konnte, dass er noch Schmutz aufzunehmen imstande war. »Was kann ich für Sie tun, Mademoiselle?«

Lou wusste nicht, ob sie grinsen oder nach Luft schnappen sollte. Mademoiselle schien hier tatsächlich noch eine übliche Anrede zu sein! In welchem Jahrhundert lebten diese Leute eigentlich?

»Ich wollte nur fragen, ob es hier irgendwo eine Kneipe gibt. Ein Lokal.«

»Um ein Glas Wein zu trinken? Oder ein Bier?«

»Zum Beispiel. Und Internet zu haben.«

»O ja, Internet. Natürlich«, sagte der Mann und grinste leicht debil. Davon hatte er scheinbar schon mal gehört. »Einfach hier die Straße lang«, erklärte er und wies etwas weiter in den Ort hinein. »Chez Martin. Der Chef ist …«

»Merci!«, fiel ihm Lou ins Wort und drehte sich um. »Sehr nett von Ihnen.« Und weg war sie. An einem Schwätzchen mit dem örtlichen Großindustriellen hatte sie kein Interesse.

Sie kam an einem Weingut vorbei, das mit einem Schild für »Dégustations« warb und dessen Hunde offenbar etwas gegen Fremde hatten, denn sie kläfften schon, als sie kaum in Sichtweite war, und hatten noch nicht aufgehört, als die junge Frau erneut vor dem Ortsschild stand – auf der anderen Seite des Dorfs. Was sie nicht gesehen hatte, war Chez

Martin oder irgendeine andere Art von Lokal. Auch keinen Supermarkt, keinen Friseur, keine Tankstelle. Nichts! Der Ort war nichts als eine Ansammlung von Häusern und Ställen, einer Straße, einer Autowerkstatt und bizarrerweise einer Telefonzelle, die wie das Raumschiff von Dr. Who wirkte. Das war alles.

Ein Junge von vielleicht zwölf Jahren saß auf der Mauer eines Gehöfts und beobachtete Lou. »Hey!«, rief sie ihm zu. »Kennst du das Chez Martin?«

Er zuckte die Achseln. Lou schob die Ärmel ihres Shirts hoch. Als er die Tattoos sah, wurden seine Augen groß und größer. Das kleine Landei hielt sie jetzt wahrscheinlich für eine Außerirdische. Obwohl der Knirps die coolsten Tattoos natürlich gar nicht zu Gesicht bekam. »Und?«

»Hm«, blieb der Junge einsilbig. Er deutete die Straße runter – aus dem Ort hinaus.

»Da lang?«

Er nickte.

Okay. Dann eben da lang. Lou bedauerte, dass sie nicht versucht hatte, sich bei dem Werkstattypen einen Wagen zu leihen. Sie hatte zwar zurzeit gar keine Fahrerlaubnis, was ebenfalls der gehässigen Justiz zu verdanken war, die nichts Besseres zu tun hatte, als ihr, Louise Prevost, das Leben schwerzumachen, aber hier tauchte wahrscheinlich sowieso niemals Polizei auf.

Wie aufs Stichwort holperte auf der buckligen Piste ein blau-weißer Wagen auf sie zu, ein Modell von Polizeifahrzeug, wie sie es schon sehr, sehr lange nicht mehr gesehen hatte. Lou trat an den Straßenrand und blieb stehen, doch die Beamten hatten nicht die Absicht, vorbeizufahren. Stattdessen hielt der Wagen neben ihr, und der Beifahrer kurbelte die Seitenscheibe herunter. »Bonjour, Mademoiselle.«

Lou antwortete nicht, sondern sah die beiden Insassen misstrauisch an.

»Sie haben in der Gegend zu tun?«

»Kann man so sagen, ja.«

»Und was, wenn ich fragen darf?«

»Bof, im Moment muss ich nur ein paar Telefonate führen.«

Lou hatte sich entschlossen, sich nicht provozieren zu lassen, was keine leichte Angelegenheit war, denn Polizisten waren für sie ja an sich schon eine Art Provokation.

»Aha. Und dazu sind Sie hier unterwegs …«

Wieder zuckte Lou die Achseln und schwieg. Der Beifahrer öffnete die Tür und stieg mühsam aus. Hatte offenbar schon lange kein Fitnesstraining mehr gemacht. Die Polizisten in der Hauptstadt waren fitter. Und die in der Banlieue waren die Fittesten. Dafür sorgten schon die Umstände. Und Lous Freunde. Sie musste grinsen. Aber nur kurz. Denn den nächsten Satz kannte sie nur zu gut: »Ich würde gerne mal Ihren Ausweis sehen, Mademoiselle.«

»Ich habe mir nichts zu Schulden kommen lassen«, erklärte Lou. »Es liegt nichts gegen mich vor. Sie haben kein Recht …«

Der Beamte brach in schallendes Lachen aus. Damit hatte sie nicht gerechnet. »Schon gut, schon gut«, sagte er und winkte ab. »Ist nicht so wichtig. Können wir Ihnen irgendwie helfen?«

Damit hatte Lou erst recht nicht gerechnet. Und sie glaubte es ihm auch nicht. Er wollte sie verarschen, daran gab es keinen Zweifel. »Klar«, sagte sie. »Sie könnten mich am Chez Martin absetzen.«

Der Beamte warf seinem Kollegen einen Blick zu und stieg wieder ein. »Kein Problem, setzen Sie sich nach hinten.«

Und so kam es, dass Louise Prevost aus Grigny bei Paris zu ihrer vollkommenen Verblüffung an ihrem ersten Tag auf dem Land in einem Polizeiwagen saß und nicht nur nichts ausgefressen hatte, sondern auch nicht der geringsten Straftat bezichtigt wurde. Noch verblüffter allerdings war sie, als sie sah, dass der Polizist am Steuer ein Schlangentattoo auf der rechten Hand trug – und einen Totenkopf auf der linken.

Von der modernen Kommunikationswissenschaft noch vollkommen unbeachtet, darf das Phänomen des Lauffeuers gelten, mit dem sich mündliche Informationen innerhalb kürzester Zeit in bemerkenswertem Radius ausbreiten, ohne dass man auch nur *einen* Beteiligten an dieser kollektiven Brandstiftung ausmachen könnte. Nach außen hin mag das Örtchen Bleaumont so reglos in der Landschaft gelegen haben wie je. Tatsächlich aber verbreitete sich die Nachricht von einer Fremden, die von der Polizei abtransportiert worden war, in Windeseile im ganzen Tal, und es dauerte nicht lange, bis sie den Nonnen von Notre-Dame-de-Bleaumont zu Ohren kam, genau genommen: Schwester Madeleine, die den ersten Lavendel erntete und zum Trocknen auf ein weißes Leinentuch legte, das sie über ein windstill gelegenes Mäuerchen neben der Tür zur Küche gebreitet hatte. Es war Madame Bertin, die ihr von den Vorkommnissen im Dorf erzählte. Durch die vielmalige Wiedergabe hatten sich bis in diesen hintersten Winkel des Ortes einige Ornamente um die Nachricht gebildet. Doch das war Schwester Madeleine gewöhnt, was den Schreck, der sie erfasste, allerdings nicht geringer machte. »Und sie haben sie wohin gebracht?«

»Na, zur Präfektur natürlich. Gott sei Dank!«, seufzte Madame Bertin und bekreuzigte sich.

»Weiß man denn, wer sie ist?«

»Pah! Wer soll das schon sein. Sicher eine von den Flüchtlingen, die jetzt überall auftauchen. Wahrscheinlich werden sie uns bald Hunderte davon schicken. Warten Sie's nur ab, Schwester Madeleine, Sie werden sicher etliche einquartieren müssen.«

»Ach«, sagte die alte Nonne. »So schlimm wäre das nicht. Wir haben mehr Platz, als wir brauchen.«

Madame Bertin schlug die Hände über dem Kopf zusammen. »Wie können Sie nur so etwas sagen, Schwester! Wo kämen wir denn da hin, wenn wir diese ganzen fremden Menschen aufnehmen müssten.«

Schwester Madeleine war versucht zu sagen: ins Himmelreich. Doch da sie wusste, dass derlei Vorschläge von der resoluten Bäuerin nicht ernst genommen wurden, verzichtete sie darauf und versuchte sie zu beruhigen: »Warten wir es doch erst einmal ab, liebe Madame Bertin. Wir wissen nicht, wer uns hier alles besucht – und ob überhaupt jemand den Weg zu uns findet. Das Einzige, was ich weiß, ist, dass Gott noch immer den richtigen Weg gewiesen hat. Das wird er in diesem Fall auch tun.« Jedenfalls hoffte sie das sehr. Denn mit einem Mal hatte sie ein Verdacht befallen, der die Sache sehr verkomplizieren würde. Eine Fremde in Bleaumont! Es war ja nicht auszuschließen, dass diese Fremde nicht für jeden im Ort fremd war.

Das Chez Martin lag in Bleaumont-sur-Bleau, einem Nest, das nur wenig größer war als jenes, zu dem das Kloster gehörte. Immerhin, man schrieb hier eine andere Epoche. Es gab eine Bushaltestelle, eine Postfiliale, die zugleich Kramerladen und Änderungsschneiderei war, ein Rathaus, vermutlich das kleinste in ganz Frankreich – und ebendas Lokal, dessen Tür Lou dunkel angähnte. Es war sogar geöffnet. »Voilà!«, rief Lionel. Fredo, sein Kollege, knurrte nur irgendetwas und angelte nach seiner Dienstmütze, die neben Lou auf der Rückbank lag. Dann stiegen die beiden aus, und sie tat es ihnen gleich.

Während Lionel sich einen Kaffee bestellte, hielt Fredo sich an Wasser. Louise ließ sich ein kühles Bier geben und musterte die beiden Gesetzeshüter. »Ziemliches Kaff hier, was?«

Lionel zuckte die Schultern. »Besser als es aussieht.«

»Santé«, sagte Fredo und hob sein Wasserglas.

Lou prostete zurück, doch sie blieb misstrauisch. Womit sie nicht die einzige war. »Okay, Mademoiselle«, sagte Lionel schließlich, nachdem er ein paarmal genussvoll an seinem Kaffee genippt hatte. »Was sollten wir wissen?«

Verwirrt blickte Louise von einem zum anderen. »Ich verstehe nicht …«

»Na, das war doch vorhin ganz klar ein Geständnis.« Der Wortführer der beiden Polizisten setzte seine Tasse ab. »Ich habe mir nichts zu Schulden kommen lassen.«

Fredo grinste und winselte: »Es liegt nichts gegen mich vor. Sie haben kein Recht …«

Als wäre damit alles gesagt, breitete Lionel die Arme aus und erklärte: »So spricht niemand, der keinen Dreck am

Stecken hat. Also wüsste ich zu gern, was Sie zu verbergen haben.«

Lou trank in Ruhe ihr Bier aus, stellte fest, dass ihr Handy Empfang hatte, sah ihre Nachrichten durch, schrieb einige, meldete sich bei ihrer Sozialarbeiterin und legte ein paar Münzen auf den Tisch. »Erzählen Sie's mir, wenn Sie es herausgefunden haben.« Sie nickte dem Polizisten zu, dann seinem Kollegen und verließ das Chez Martin Richtung Bleaumont.

Selbst im kleinsten Kloster, das man sich denken kann, geschieht es nicht allzu oft, dass sich die Nonnen über den Weg laufen, sofern es nur drei an der Zahl sind. Das ergibt sich schon aus der schlichten Tatsache, dass die Aufgaben, deren es nicht wenige gibt, sich auf so wenige Köpfe verteilen. Sprich, die Schwestern haben alle Hände voll zu tun, ihr Tagwerk zu verrichten. Für einen gemütlichen Plausch unter den alten Platanen im Kreuzgang war deshalb kaum je Zeit. Schwester Sophie war die meiste Zeit in ihrem Büro, um Post zu erledigen, Rechnungen zu bezahlen (meist eher: um einen Aufschub zu erbitten) und Rechnungen zu schreiben (und dabei mehrmals täglich ein Dankgebet an den Himmel zu senden für den Bleu). Schwester Lucie tauchte selten aus der Küche auf (und wenn, dann nur, um im Keller oder in der Waschküche zu verschwinden) und Schwester Madeleine pflegte – zumindest von Frühjahr bis Herbst – den Kräutergarten und sorgte dafür, dass das kleine Kloster nicht eines Tages völlig von der üppig wuchernden Vegetation der Côte-d'Or verschlungen wurde.

Dieses erzwungene Alleinsein kam den Regeln des Ordens freilich entgegen, die den Mitgliedern Stille geboten. Nach der abendlichen Zusammenkunft sah die Klosterordnung deshalb vor, dass die Nonnen sich in Schweigsamkeit übten. Gewiss gab es Ausnahmen von dieser Regel. Etwa wenn noch dringende Erledigungen zu besorgen waren. Oder wenn Gäste das Kloster besuchten. Unter anderen Umständen hätte also Lous Anwesenheit in den heiligen Hallen dazu geführt, dass ein wesentlich regerer Austausch stattfand. Die Umstände waren jedoch die, dass die drei alten Nonnen die Regel der Schweigsamkeit ohnehin in einem Akt kollektiven, unausgesprochenen Einvernehmens schlicht außer Kraft gesetzt hatten. Denn es gab praktisch ständig Besorgungen zu erledigen, um das Kloster am Leben zu halten. Man hatte deshalb mit der Zeit einfach vergessen, dass die Schweigsamkeit eine besondere Tugend des Ordens war.

So kam es, dass nach dem Abendgottesdienst und der Lesung – Lou war zu Schwester Madeleines unendlicher Erleichterung ohne weitere Erklärung wieder aufgetaucht und offenbar doch nicht zur Präfektur verbracht worden – niemand daran dachte, Stille zu wahren. Schwester Lucie hatte sich für eine Stelle aus dem Evangelium nach Matthäus entschieden und Lou feierlich die Heilige Schrift gereicht: »Wie schön, dass du heute für uns liest, Schwester.«

Schwester. In Lous Ohren klang das irgendwie schräg. Schwester sagten auch einige der Typen aus Grigny, wenn sie einer Frau auf der Straße begegneten. Aber die meinten das anders. Sie lächelte gezwungen und nahm der Nonne das Buch ab, während sie versuchte, nicht auf die Zahnlücke zu starren. »Okay«, sagte sie. »Und wo soll ich anfangen?« Sie legte das Buch auf das Pult, das offenbar nur für diese Lesungen dastand.

»Hier, bitte.« Die Schwester deutete auf einen Absatz und Lou fand, dass sie wunderhübsche, ganz zierliche Finger hatte, gar nicht wie man sie bei einer Frau vermutete, die den ganzen Tag Hausarbeiten erledigte.

Die große Ernte. Na gut. Ergriffen lauschten die Schwestern, während Lou sich mühte, fehlerfrei zu lesen: *Die Ernte ist groß, aber wenige sind der Arbeiter.* Die Schwestern nickten. *Darum bittet den Herrn der Ernte, dass er Arbeiter in seine Ernte sende.*

Drei Augenpaare hatten sich unwillkürlich auf Lou gerichtet, als hätte Jesus geradewegs aus ihr gesprochen, während die junge Frau sich wieder an ihren Platz setzte und unauffällig prüfte, ob es vielleicht im Speisesaal Handy-Empfang gab.

Schwester Lucie klappte die Bibel zu, und die Nonnen verharrten in kurzer Andacht, ehe Schwester Madeleine allen noch ein Glas kalten Minztee reichte, um in der schon sehr schwülwarmen Nacht für ein wenig Erfrischung zu sorgen. »Schwester Lucie hat morgen einen harten Tag vor sich«, erklärte sie. Und als Lou nicht darauf antwortete, betonte sie: »Einen sehr schweren.«

Lou zuckte die Achseln. »Wird es wieder so warm?«

»Eher wärmer. Aber das ist nicht das Problem.«

»Aha.«

»Sie hat es ja eigentlich sehr angenehm in ihrer Käserei.«

»Schön.«

»Aber für eine einzelne alte Frau ist die Arbeit ziemlich viel.«

Lou entgegnete keine Silbe. Schwester Madeleine verdrehte die Augen. »Schmeckt dir der Tee?«

»Ist okay.«

»Tunesische Minze.«

»Tunesisch? Echt?« Das schien die Nichte zu interessieren. Natürlich konnten die drei Nonnen nicht wissen, dass Lous bester Freund (der leider gerade im geschlossenen Vollzug saß) aus Tunesien stammte. Oder vielmehr: seine Eltern.

Schwester Madeleine lächelte. »Ich habe sie selbst mitgebracht und hier gezüchtet.«

»Du warst in Tunesien?«

»Zwei Jahre lang.«

Das warf ein ganz anderes Bild auf Tante Madeleine.

»Wenn du morgen mit mir in den Kräutergarten kommst, zeige ich sie dir. Und die indischen Gewürzpflanzen. Die Heilfarne. Die italienischen Kräuter.«

»Bof.«

»Den Hanf.«

»Den Hanf?« Lou räusperte sich. »Klar. Ich guck's mir gerne mal an.«

Die drei Nonnen lächelten leise vor sich hin, während sie ihre Gläser leerten. Ein aufmerksamer Beobachter hätte womöglich ein winziges Augenzwinkern gesehen, das zwischen ihnen gewechselt wurde. Man besprach noch die verschiedenen Aufgaben, die der folgende Tag mit sich bringen würde, dann hob Schwester Sophie die Komplet auf und die Frauen zogen sich in ihre Kammern zurück. Auch Lou, die in Schwester Claires Zelle das Gefühl hatte, in einem Kerker zu sitzen. Es gab ganz einfach nichts, womit sie sich hätte beschäftigen können. Wenigstens konnte sie das Handy aufladen und ein paar Songs spielen, die sie gespeichert hatte. Die Arme hinter dem Kopf verschränkt, lag sie auf dem harten Bett und beobachtete eine Spinne, die in einer Ecke über der Tür an der Wand lauerte.

Wenn sie sich ein Buch mitgenommen hätte, hätte sie wenigstens lesen können. Allerdings hatte sie schon sehr lange nicht mehr in ein Buch geschaut. Sie wusste gar nicht, *wie* lange schon. Zeitverschwendung. Dennoch griff sie nach einiger Zeit zu der Bibel auf dem Nachttisch und schlug sie auf:

Am Anfang schuf Gott Himmel und Erde. Und die Erde war wüst und leer, und es war finster auf der Tiefe; und der Geist Gottes schwebte auf dem Wasser.

Und Gott sprach: Es werde Licht! Und es ward Licht. An der Stelle musste sie lächeln. *Und Gott sah, dass das Licht gut war. Da schied Gott das Licht von der Finsternis und nannte das Licht Tag und die Finsternis Nacht.* An der Stelle schlief Louise Prevost aus Grigny bei Paris ein. Da ward aus Abend und Morgen der erste Tag.

UNGEAHNTES

Es war nicht so, dass Lou noch nie einen Kräutergarten gesehen hätte. Luc hatte einen, Jamal und Ali (was hier übrigens als Kurzform für Alphonse-Antoine de la Franc-Peroche steht, von dem niemand wusste, was ihn nach Grigny verschlagen hatte; außer vielleicht dem ein oder anderen Jugendrichter). Doch, Lou kannte Kräutergärten. Nur dass die zarten Gewächse, die ihre Kumpels in der Banlieue anbauten, eher in Kellern wucherten und unter die Regeln des

Betäubungsmittelgesetzes fielen. Die Unmengen an völlig verschiedenen Pflänzchen, die Tante Madeleine im Klostergarten zog, überforderten Lou etwas.

Möglich, dass sie schon mal was von Oregano gehört hatte. Aber dass es davon sechsunddreißig Arten gab (von denen Madeleine gefühlt siebenunddreißig in ihrem Gärtchen hielt), woher sollte man das wissen – und wozu? »Die Oregano-Arten«, dozierte die alte Dame und strich zärtlich mit den Fingerspitzen über einige der ovalen Blättchen, »kreuzen sich munter miteinander.« War da ein leichtes Augenzwinkern? Ein kecker Unterton? »Man kann sie deshalb oft gar nicht so leicht voneinander unterscheiden. Das hier ist übrigens ein Mexikanischer Oregano. Ich habe ihn selbst mitgebracht. Er schmeckt vorzüglich zu Schwester Laurettes Chili con ... Das heißt, leider tut er das nicht mehr. Eigentlich wissen wir gar nicht, wozu wir ihn jetzt verwenden sollen. Ich meine, seit Schwester Laurette ...«

Sie führte Lou zum nächsten Büschel Pflanzen. »Eng verwandt mit dem Oregano ist der Thymian. Eigentlich ist er eine Art Minze. Ebenfalls so ein Wunderkraut.« Sie lächelte, als würde sie über eines ihrer Kinder sprechen: liebevoll, nachsichtig, stolz. »Das Thymol-Öl ist unglaublich wertvoll. Es macht nicht nur den besonderen Geschmack, sondern hat auch aseptische Wirkung. Dieser hier ist der französische. Du erkennst ihn an den schmaleren Blättern. Der englische hier hat breitere.« Lou versuchte, nicht im Stehen einzuschlafen.

»Basilikum kennst du natürlich«, stellte Schwester Madeleine fest, ohne das Gegenteil in Erwägung zu ziehen. »Aber kennst du diesen hier?« Mit etwas spitzbübischem Lächeln zupfte sie ein Blatt vom Strauch, rieb es zwischen den Fingern und hielt es Lou unter die Nase. »Nun, nach was riecht es?«

»Nach einem Gewürz?«, seufzte die Nichte und verdrehte die Augen. Die alte Nonne nickte wissend. »Ja, da kann man schon die Augen verdrehen, bei einem so überwältigenden Duft.« Sie drängte. »Und woran erinnert es dich noch?«

»Schnaps«, sagte Lou trocken. Zu ihrer Verblüffung erwiderte ihre Tante: »Bravo! Du hast wirklich eine feine Nase!« Und sogleich erklärte sie, wonach zu fragen der jungen Frau im Leben nicht in den Sinn gekommen wäre: »Es ist Thai-Basilikum. Er hat diese umwerfende Anis-Note, also zumindest, wenn er am richtigen Ort wächst.« Nicht ganz ohne eine klitzekleine Eitelkeit fügte sie hinzu: »Zum Beispiel hier. Dieser Basilikum ist eines von einhundertdreißig Kräutern, die in den berühmten Chartreuse gehören.«

»Hm.«

»Den Schnaps.«

»Bof.«

»Unsere Brüder von den Kartäusern bei Grenoble brennen ihn. Wenn du möchtest …« Sie blickte auf die Uhr am Kirchturm. »Es ist zwar noch ein bisschen früh …« Sie zwinkerte ihrer Nichte zu. »Aber was in Gottesfurcht und mit Gottes Segen gemacht wird, kann ja nie zur Unzeit genossen werden, nicht wahr? Und im Grunde ist der Chartreuse sowieso nichts anderes als Medizin.« Sie nickte Richtung Klosterküche, wo Schwester Lucie gerade lautstark zugange war. »Sie brennen ihn seit anno 1605«, erklärte Schwester Madeleine, und Lou fragte sich, ob ihre Tante ihr jetzt tatsächlich mitten am Vormittag – für Lous Verhältnisse war es eigentlich noch Nacht – allen Ernstes einen Schnaps servieren wollte. »Nur ein kleines Schlückchen.« Die alte Dame stellte zwei winzige Gläschen auf den rauen Holztisch und schenkte dann aus einer beeindruckend großen Flasche ein. »Es gab damals einen Mönch …«

»Damals?«, fragte Lou unvorsichtigerweise.

»Anno 1605. Jérome Maubec! Irgendjemand hatte den Brüdern ein Rezept zugespielt, das aber praktisch unleserlich war. Nun ja, Bruder Jérome entzifferte es schließlich. Und dann entwickelten die Kartäuser ihren Kräuterschnaps. Sie brennen ihn vierfach! Und das schmeckt man.«

»Und man spürt es«, warf Schwester Lucie ein, die zwar mit dem Rücken zu ihnen an der Spüle stand, aber offenbar genau zuhörte, und kicherte ein wenig.

»Santé!«

»Bof.«

»Und?«

»Ich hab nur den Schnaps geschmeckt. Nicht die hundertachtzig Kräuter.«

»Hundertdreißig.« Klang die Nonne pikiert? Sie goss nach. »Lass ihn für einen Augenblick im Mund und atme ein paarmal aus und ein und – ganz wichtig! – atme nach dem Runterschlucken durch die Nase aus.«

Lou seufzte, ließ sich nachschenken und bewegte den Schnaps ein wenig im Mund hin und her. Als sie ihn schlucken wollte, war eigentlich schon gar nichts mehr übrig. »Okay«, sagte sie. »Basilikum ist drin.« Irgendwie tat ihr die alte Frau leid. Sollte sie doch ihre Freude haben.

Schwester Madeleine klatschte in die Hände und rief: »Voilà! Und den Thymian? Hast du den auch geschmeckt?«

»Keine Ahnung, echt.« Was nichts nützte. Denn das Gläschen war schon wieder gefüllt. »Thymian«, sagte Schwester Madeleine genüsslich. »Rosmarin. Majoran, Liebstöckel … Nur fünf Mönche kennen die ganze Rezeptur!« Sie schenkte erneut nach. »Salbei …« Schwester Lucie kam mit einem eigenen Gläschen und setzte sich dazu. »Nur einer versteht sich auf das Geheimnis des vierfachen Brennens!« Die alte Nonne verkündete all dies, als wären es Sensationen. »Den Lavendel nicht vergessen«, warf Schwester Lucie ein. »Nein, den vergesse ich natürlich nicht. Aber das Beste …« Schwester Madeleine hielt inne und die Flasche schwebte für einen Moment in der Luft, als warte auch sie auf den Clou dieser Geschichte. »Das Beste von allem ist, dass sie den Kreuzkümmel und die Nelken von mir beziehen! Von uns. Aus unserem kleinen Klostergarten.«

»Die Nelken erst seit kurzem«, warf Schwester Lucie ein.

»Die besten kommen eigentlich von Sansibar. Oder von den Molukken. Aber da gab es in den letzten Jahren immer wieder Engpässe. Und die Ware sollte natürlich frisch sein!« Die Flasche senkte sich. »Und so haben wir zwar kein Geld im Haus, aber immer genügend Schnaps.«

»Medizin.«

»Richtig, Lucie. Medizin. Für den Fall der Fälle.« Worauf die beiden alten Damen so mitreißend kicherten, dass Lou entgegen ihrer tiefen Absicht nicht umhin konnte, mitzukichern. Woran die Medizin ganz gewiss nicht die geringste Schuld traf.

Hätte nicht die Küchenuhr (ein altertümliches Ding mit einem Pendel, das auf der Fensterbank stand) zunächst viermal hell und dann elfmal dunkel geschlagen, so wären die Gläschen womöglich noch öfter gefüllt worden und vielleicht wäre zum ersten Mal seit über dreiundsechzig Jahren (also seit dem Eintritt Schwester Sophies in den Orden) das Mittagsmahl zu spät auf den Tisch gekommen.

Schwester Madeleine eilte beschwingt, um noch einen Bund Petersilie, etwas Melisse und frischen Knoblauch aus ihrem Kräutergärtchen zu holen: »Für die Persillade.«

»Ganz wunderbar zu den Röstkartoffeln«, ergänzte Schwester Lucie, die den Schnaps wegräumte (nicht, ohne noch eine Runde einzuschenken und Schwester Madeleines Glas gleich mit zu leeren), dann einige große Stücke gesalzener Butter in eine Bratpfanne gab, um sie schon zu zerlassen, während sie die abgekühlten Kartoffeln leise singend kleinschnitt.

»Möchtest du die Kräuter hacken, Lou?«, fragte Schwester Madeleine, als sie wieder zurück war. Erst jetzt bemerkte die junge Frau, dass sie doch ganz ordentlich getankt hatte. »Hacken?«

»Mit dem Messer.« Die Tante schnappte sich ein Messer, mit dem man gut und gerne einen Yeti hätte zerlegen können, von der Arbeitsplatte.

»Also, ich weiß nicht ...«, nuschelte Lou und versuchte zu berechnen, wie wahrscheinlich es war, dass die Nonne mit dem Mordwerkzeug in den nächsten Augenblicken mehr oder weniger versehentlich für einen weiteren Abgang in dem Kloster sorgte. Nur dass rechnen in dem Zustand nicht ganz so einfach war.

Schwester Madeleine schien zu verstehen. »Ich zeig es dir«, sagte sie. Angesichts der ausgiebigen Verkostung des Chartreuse überraschend souverän, zupfte die alte Dame die Blätter von den Stängeln, häufte alles auf ein Holzbrett und schaukelte dann mit der Klinge abenteuerlich waghalsig, aber atemberaubend sicher das Grün zu perfektem Kräuterstreu. Zischend rutschten sodann die Kartoffeln in die geschmolzene Butter, und Lou musste sich eingestehen, dass der Chartreuse zumindest in Verbindung mit den Düften der Klosterküche eine extrem appetitanregende Wirkung hatte. Ihr Magen knurrte so laut, dass sich die beiden Schwestern nach ihr umdrehten und dann gleichzeitig zu lachen anfingen. Und Lou, die das eigentlich nicht wirklich witzig fand, fand doch die beiden beschwipsten Nonnen so komisch, dass sie in das allgemeine Gelächter einstimmen musste.

Schwester Madeleine sah es keineswegs ungern, dass sich ihre Nichte am Nachmittag von alleine in den Kräutergarten begab – und zwar gerade zur Zeit der Klausur, die dem Gebet und der Ruhe gewidmet war, was für Bräute Christi (zumindest in einem gewissen Alter) auch bedeutete, innezuhalten und für ein Stündchen oder zwei die Segnungen des Schlafs zu erforschen. Aber Schwester Madeleine war natürlich nicht naiv. Es wäre übertrieben zu behaupten, sie hätte gewusst, dass Lou in den Garten gehen würde. Aber sie hatte es doch zumindest geahnt. Denn junge Menschen waren bekanntlich seit uralten Zeiten gleich: Sie frönten der Neugier, waren Verlockungen gegenüber aufgeschlossen und konnten Verboten einfach nicht widerstehen. Das war in dieser Zeit nicht anders als in Schwester Madeleines Jugend, in der Jugend ihrer Eltern oder in der von Jesus Christus (an der Stelle bekreuzigte sie sich) oder Cary Grant (an der Stelle bekreuzigte sie sich nochmals). Sie folgte dem Mädchen zunächst mit Blicken, dann so diskret wie möglich in persona.

An sich war die Stelle nicht schwer zu finden. Aber wie das

so war: Das Offensichtliche sah man ja oft genug nicht. Weshalb Lou auch prompt vorbeistreifte und stattdessen den Hibiskus untersuchte (der noch keine Blüten trug) und den Japanischen Ahorn (der in der Tat eine gewisse Ähnlichkeit aufwies, aber eben nicht die gewisse Wirkung). Erst als sie am Ende des Kräutergartens angelangt war, schien ihr etwas einzufallen, und sie wandte sich um und ging zurück zu der Stelle, wo sich die Nonne hinter einem mächtig über den Zaun und eine alte Birke wuchernden Efeu verborgen hatte. »Wow!«, sagte Lou leise und ließ ihre Fingerspitzen über die Blätter streifen.

»Es sind Kerneudikotyledonen«, sagte Schwester Madeleine und trat so unvermittelt hervor, dass Lou erschrocken zurückfuhr. »Was?!«

»Sie haben fünfzählige Blütenhüllen.«

»Das ist Cannabis«, sagte Lou, die vor Schreck ganz außer Atem war. »Du baust hier Shit an!«

Milde lächelnd legte Schwester Madeleine ihr die Hand auf die Schulter. »Die Hanfpflanze ist eine der ältesten Kulturpflanzen der Menschheit, Lou. Praktisch alles an ihr ist nützlich und gut. Die Samen geben uns ein köstliches Speiseöl, die Blätter und Blüten lassen sich zu einem wundervollen ätherischen Öl destillieren. Aus den Stängeln können wir Seile machen …«

»Und die Mönche von Chartreuse tun es in ihren Schnaps«, sagte Lou genervt.

»Ha! Vielleicht sollten wir es ihnen vorschlagen«, lachte die alte Nonne. »Aber tatsächlich glaube ich, dass das Aroma zwischen all dem Anis, Fenchel und Kümmel untergehen würde. Hanf hat doch ein sehr zartes Bouquet …«

»Ich weiß«, sagte Lou und stapfte zurück zum Haus. Sie hatte keine Lust, sich noch mehr schlaue Sprüche anzuhören. Was sie hatte wissen wollen, wusste sie – nämlich, wo der Shit wuchs. Alles andere interessierte sie nicht wirklich, um nicht zu sagen: ganz und gar nicht.

An diesem Abend, Schwester Lucie las aus den Sprüchen Salomos (»Die Weisheit der Frauen baut ihr Haus« und ähnlich verschwurbeltes Zeug), machte Louise Prevost zum ersten Mal Bekanntschaft mit dem Stolz des Klosters, ja eigentlich des ganzen Ortes, nämlich dem einzigartigen und unvergleichlichen Bleu de Bleaumont. Es gab Schwester Lucies selbstgebackenes Brot und den Blauschimmelkäse aus der eigenen Produktion: Ein neuer Laib wurde angeschnitten und von Schwester Sophie und Schwester Madeleine, die mit Lou am Tisch saßen und nebenher der Lesung lauschten, sorgfältig und kritisch beäugt. Sie nahmen sich ordentliche Stücke und aßen zunächst ohne Brot, nur den Käse, mit ernster Miene und geschlossenen Augen, tranken einen Schluck Quellwasser aus steinernem Becher und wiederholten den Vorgang. Lou, amüsiert über das Ritual, war skeptisch, weil sie keine große Freundin von Schimmelkäse war. Aber dann überwog doch der Hunger und sie entschied sich, davon zu kosten. »Mmmmh!«, seufzte sie kaum einen Wimpernschlag später, denn sie hatte die Augen zunächst nicht geschlossen, musste das dann aber nachholen. Und ergänzte: »Mmmmh!«

Als sie die Augen wieder öffnete, blickte sie in die überraschten Gesichter dreier Schwestern. »Bof«, sagte sie. »Ich hatte Hunger.« Aber tatsächlich konnte sich Lou nicht daran erinnern, wann sie zuletzt etwas gegessen hatte, was so gut schmeckte, das hieß: ob sie *überhaupt jemals* etwas so Köstliches hatte probieren dürfen. »Der Käse ist echt gut«, gab sie zu. »Kann ich noch ein Stück haben?«

Die etwas betretenen Gesichter der Schwestern konnte sich Lou nicht wirklich erklären. Auch sah sie mit einem gewissen Befremden, dass weder ihre Tante noch Schwester Sophie ein weiteres Stück vom Bleu nahmen. Stattdessen krümelten sie ein wenig Brot auf ihre Teller und schenkten sich kräftig Wein in ihre Steinbecher. »Ja«, sagte Schwester Madeleine. »Schön, dass er dir schmeckt.« Und es klang fast wie: Wenigstens *ein* Mensch, dem er schmeckt.

»Ein Geduldiger ist besser als ein Starker«, las an ihrem Pult Schwester Lucie, deren Stimme eindringlicher wirkte als vorhin. »Und wer sich selbst beherrscht, besser als einer, der Städte gewinnt. Der Mensch wirft das Los; aber es fällt, wie der HERR es will.« Sie hielt kurz inne, war schon im Begriff, die Heilige Schrift zuzuklappen, da fiel ihr Auge offenbar auf einen Satz, den zu ergänzen sie nicht versäumen wollte: »Besser ein trockener Bissen mit Frieden als ein Haus voller Geschlachtetem mit Streit.« Sprach's, schloss behutsam das Buch der Bücher, bekreuzigte sich, und die Mitschwestern taten es ihr gleich, während Lou sich am Rücken kratzte, weil der BH zwickte, und setzte sich dann zu den anderen an die Tafel.

Seltsam schuldbewusst wandte sich Schwester Madeleine ihr zu: »Hab Dank, Lucie, für die Lesung, die uns Augen und Ohren geöffnet hat. Du hast eine gute Stelle gewählt, wir hatten die Ermahnung nötig.«

Schwester Lucie, offenbar froh über diese Worte, nickte aufmunternd in die Runde. »Wir werden es irgendwie schaffen«, sagte sie. »Mit Gottes Hilfe sind selbst Wunder möglich.« Dann wandte sie sich an Lou. »Darf ich dir noch etwas Käse anbieten? Und vielleicht einen Becher Wein dazu?«

Die junge Frau ließ sich nicht lange bitten, sondern schob ihren Teller über den Tisch. »Achte besonders auf die Gewürzmischung! Schwester Madeleine stellt sie nach einem alten Rezept zusammen, und nur sie weiß, wie das Verhältnis der einzelnen Kräuter sein muss, wie sie getrocknet und behandelt werden müssen.«

Schwester Madeleine zuckte mit den Achseln, als wollte sie sagen: Wozu das alles? Schweigend aßen die vier Frauen ihr Brot und ihren Käse und tranken dazu Wein vom angrenzenden Berg des Winzers Grenouille, der gelegentlich sein Seelenheil durch eine milde Gabe aus der B-Lage in Form einer Kiste Vin de Pays pflegte. Nachdem das Mahl beendet war, lehnte sich Schwester Madeleine zurück, legte ihrer Mitschwester die Hand auf den Arm und stellte fest: »Ein fröhliches Herz tut dem Leibe wohl; aber ein betrübtes Gemüt lässt das Gebein verdorren.«

Schwester Lucie nickte lächelnd: »Wort des Predigers Salomo.«

»Gelobet sei der Herr«, murmelten alle drei Nonnen, dann räumten sie ihr Geschirr in die Küche. Das heißt, Schwester Sophie in ihrem Rollstuhl blieb sitzen, und auch Lou blieb sitzen. Zunächst. Bis sie den wohlwollenden Blick der alten Dame nicht mehr aushielt und ebenfalls aufstand, um ihr Zeug wegzubringen. Sie hatte sich schon abgewandt, da sagte Schwester Sophie: »Danke, dass du mein Geschirr auch mitnimmst, Louise.«

Lou nickte, sammelte Teller, Besteck und Becher der dicken

alten Dame ein und brachte alles in die Küche, wo Schwester Lucie bereits an der Spüle stand. »Ich habe mich gefragt«, verkündete die Nonne und zeigte ihre Zahnlücke. »Ob du mich morgen auf den Markt begleiten magst, Lou.«

»Auf den Markt?«

»Ich könnte etwas Hilfe gut gebrauchen.«

Lou nahm ihr Handy aus der Tasche und blickte darauf, eine spontane Geste, die freilich überflüssig und durchsichtig war, denn die Schwestern wussten so gut wie sie, dass es da mangels Empfang nichts zu sehen gab. »Ich hab schon was vor«, log sie trotzdem. Vielleicht würde sie ja wirklich nochmal rübergehen ins Chez Martin. »Tut mir leid.«

»Oh. Kein Problem. Ich schaffe das ja sonst auch allein«, sagte Schwester Lucie leise. »Irgendwie.« Sie stellte einen gespülten Teller in die Geschirrablage und trocknete sich die Hände an ihrer Schürze, ehe sie sie abnahm. »Monsieur Bertin wird mich sicher nach Beaune fahren können. Obwohl er so viel zu tun hat, der Arme.«

Beaune. Das hatte Lou zumindest schon mal gehört. Ein Kaff, ganz klar. Eines auf das Pariser herabblickten wie die Einwohner von Grigny auf Paris. Andererseits … »Also *fahren* könnte ich Sie schon. Ich meine, wenn es *darum* geht.« Alles war schließlich besser, als am Ende der Welt zu vermodern.

»Nur fahren!« Schwester Lucie präsentierte ihre Zahnlücke. »Nur fahren. Fein, merci.« Sie wandte sich anderen Dingen zu, und Lou war nicht ganz sicher, ob sie »Und ein bisschen beim Aufbau und Verkauf helfen«, gehört oder bizarrerweise nur gedacht hatte.

Dass sie bereits um sieben Uhr morgens losfuhren; dass es ein Renault R4 war (wie ihn Lou nicht einmal aus Filmen kannte); dass dieser R4 etwas hatte, was man als alles Mögliche, aber sicher nicht als Gangschaltung bezeichnen konnte – wer hätte das geahnt. Andererseits, sie hatte ja auch nicht lauthals darauf hingewiesen, dass sie genau genommen keinen Führerschein hatte. Das hieß: Sie hatte natürlich einen – nur lag der leider seit zwei Monaten im Rathaus von Grigny. Eine staatliche Repressionsmaßnahme. Niemand konnte beweisen, dass Lou einen Joint geraucht hatte, als dieser kleine Zwischenfall mit dem Hydranten und dem Opa passiert war. Schlimm genug, dass sie Thierrys Citroën geschrottet hatte, nur weil sie den alten Mann nicht hatte umnieten wollen. Man hätte ihr einen Orden verleihen sollen, statt ihr die Fahrerlaubnis zu entziehen. Schließlich war es allein ihrer Geistesgegenwart zu verdanken, dass sie nur den Rollator erwischt hatte und nicht den Alten, der mit seiner Geschwindigkeit absolut nicht mehr im Straßenverkehr hätte unterwegs sein dürfen. Aber so waren sie, die Behörden: geschaffen, um die Menschen zu schikanieren. Vor allem die in der Banlieue. Und da vor allem die jungen Menschen, all die, die den falschen Nachnamen hatten, die falsche Hautfarbe, das falsche Geschlecht oder die falschen Körperverzierungen. Schweine, alle miteinander!

Insbesondere Steigungen machten der alten Mühle zu schaffen. Das Auto schien aus einem vergangenen Jahrhundert zu stammen. Genau genommen tat es das auch. Und Lou hätte wetten können, dass es nicht das letzte Jahrhundert war. »Vielleicht wenn du mal einen Gang runterschaltest?«, schlug Schwester Lucie vor, die sich unpassenderweise mit einer Hand am Handschuhfach und mit der anderen am Sitz festhielt, als wären sie hier mir einer Rakete unterwegs.

»Bof. Würde ich ja. Aber wie soll ich wissen, welcher in diesem Ufo der zweite Gang ist. Oder der dritte.«

Schwester Lucie sagte nichts, nur ihre Lippen bewegten sich. Lou hätte schwören können, dass die alte Schachtel betete. Sie verdrehte die Augen, konzentrierte sich lieber wieder auf die Straße, weil sich herausstellte, dass die öffentlichen Wege im Burgund aus gutem Grund so romantisch aussahen: weil sie nämlich äußerst romantisch waren. Das hieß: schmal, wirr, voll von Schlaglöchern und Rissen, aus denen ganze Urwälder wucherten, und oft auf beiden Seiten so eng mit Steinmauern zugestellt, dass jedes entgegenkommende Fahrzeug haarsträubende Manöver provozierte. Manöver, zu denen Lou in diesem fahrenden Käsekübel schlicht die Nerven fehlten.

Denn das kam noch dazu: Der Bleu de Bleaumont, so köstlich er an der gedeckten Tafel schmeckte, so entsetzlich stank er in der Enge eines R4 – zumindest, wenn dieser bis unters Dach damit vollgepackt war. Mit heruntergelassenen Fenstern zu fahren, verbot sich indes auch, da sich die Bauern offenbar dazu verschworen hatten, unvorstellbare Mengen »gute Landluft« zu erzeugen, indem sie Felder und Wiesen knöcheltief unter Gülle setzten. Leider ließ sich das Fenster auf der Fahrerseite nach dem Öffnen nicht mehr schließen, weshalb Lou den Rest der Fahrt zwischen Ohnmacht wegen des Gestanks und Ohnmacht wegen angehaltenem Atem schwankte und sich Schwester Lucies Lippen immer schneller bewegten, während sie zugleich immer blasser wurden.

Welch ein Segen eine Autobahn sein kann, erschloss sich Lou an diesem Morgen zum ersten Mal. Sie bogen auf die Hauptverkehrsader und heizten, so schnell es eben ein R4 ermöglichte, den Rest der Strecke nach Beaune, ohne auf die unzähligen Fahrer Rücksicht zu nehmen, die hupend vorbeizogen. Gleichwohl waren die letzten Kilometer von deutlich entspannterer Stimmung als die zurückliegenden. Lou hatte den vierten Gang gefunden (mehr gab es in dieser Mühle nicht), das Radio gab scheppernd Lieder zum Besten, die das verzweifelte Heulen des Motors wenigstens notdürftig übertönten, Schwester Lucie schien ihr Gottvertrauen wiedergefunden zu haben – und die Schilder ließen den Schluss zu, dass zumindest bald die ersten Vororte von Beaune kommen mussten. Was sie dann auch taten. Mit der kleinen Überraschung, dass die Vororte bereits Beaune waren. Man fuhr praktisch direkt aus dem Nichts mitten in die Innenstadt. Viel mehr gab es da nicht. »Wir sind da!«, frohlockte Schwester Lucie und legte eine Hand auf Lous Arm. »Dem Himmel sei Dank.« Nach einer kurzen Pause ergänzte sie: »Dir natürlich auch.«

Beaune war hübsch, das blieb selbst der jungen Frau aus Grigny nicht verborgen. Das Örtchen sah aus wie eine Puppenstube, der Markt hatte geradezu etwas Komisches mit seinen kleinen Ständen, den Händlern, die ihre Schnurrbärte zur Schau trugen, den Verkäuferinnen mit ihren roten Wangen und einer unverwüstlichen Fröhlichkeit (die allerdings unvermittelt in Schimpftiraden umschlagen konnte, die sogar der Bewohnerin der Banlieue die Schamesröte ins Gesicht trieben). Sie hatten die Heckklappe des R4 geöffnet, einen Campingtisch aufgestellt, über den Schwester Lucie eine blau-weiß karierte Decke gebreitet hatte – und den Bleu darauf drapiert. Zweimal hatte Lou den Wagen etwas umparken müssen, damit sie von den nahe stehenden Sonnenschirmen genügend Schatten bekamen. Denn »einen Käse legt man nicht in die Sonne«, wie die Nonne ihre junge Begleiterin aufklärte. Auch sonst hatte sie manche Weisheit über den Bleu, die Kunst der Käserei, das harte Brot der Markthändler, den lieben Gott und was sonst ihr noch an Themen einfiel zu verkünden. Schwester Lucie war geschwätziger als jeder andere Mensch, den Lou bisher kennengelernt hatte. Und sie kannte offenbar alle Welt. Denn der Käsestand war gut besucht, sehr gut sogar. Franchard aus Lyon kam vorbei, um zu grüßen und zu kosten (aber leider nicht zu kaufen), Perrier aus Valmont grüßte, probierte und bewunderte die Laibe (leider ebenfalls, ohne einen zu erwerben). Madame Durrant, Père Bernard, Monsieur Blanc … Sie alle erblickten zuerst die Nonne, worauf ihnen ein breites Lächeln im Gesicht wuchs, das in dem Moment gefror, als sie Lou entdeckten, die sich etwas im Hintergrund hielt (um nicht zu sagen im Schatten des Kofferraums, wo sie mit ihrem Smartphone all das nachholte, was seit ihrer Ankunft in Bleaumont auf der Strecke geblieben war). »Sie haben Begleitung?«, fragte Madame Lavalle.

»Ja. Louise. Sie hat mich vom Kloster hierhergebracht.«

»Vom Kloster … Aber sie lebt nicht dort?«

»Doch, doch, sie ist jetzt bei uns.«

»Ach.« Madame Lavalle hätte nicht verblüffter sein können. »Und ihre Tracht …«

Schwester Lucie warf einen Blick über die Schulter. Dann

lachte sie. »Ach so, Sie meinen, sie lebt als Nonne bei uns? Nein, das nicht. Zumindest *noch* nicht.« Sie beugte sich etwas über den Käse und zwinkerte der Kundin zu. »Aber was nicht ist, kann ja noch werden.«

Madame Lavalle lachte spitz. »Dann mal viel Glück«, sagte sie und orderte einen halben Laib vom Bleu, den sie sich doppelt einwickeln ließ, ehe sie sich kopfschüttelnd zur fahrenden Charcuterie von Monsieur Renoire begab.

»Ich muss dann mal ein paar Besorgungen erledigen, Schwester«, sagte Lou, die hinter ihr aus dem Wagen kletterte. Bisher war nicht viel verkauft, obwohl sie schon seit einer gefühlten Ewigkeit auf dem Markt standen.

»Natürlich. Ich werde hier noch einige Zeit beschäftigt sein.«

Louise also ließ die alte Dame bei ihrem Käse und machte sich auf den Weg durch die Gassen und Sträßchen. Gut, es gab ein paar nette Cafés – zu nett, um sich reinzusetzen. Es gab McDonald's – immerhin ließ sich dort bestens im Internet surfen. Die Läden waren klein – kein Asia Shop, kein Dönerladen … Sogar ein Tattoostudio entdeckte Lou! Kurz überlegte sie, ob sie sich ein neues Tattoo stechen lassen sollte. Sie hätte gerne ein umgedrehtes Kreuz auf der Brust gehabt. Oder einen Skorpion am Fußgelenk. Der Schriftzug »Beaune« mit einer sich darum windenden Schlange wäre auch abgefahren gewesen, sozusagen als Souvenir aus der totalen Provinz. Andererseits, so cool war's dann vielleicht doch nicht. Und hätte sowieso zu lange gedauert. Ohne Schablone brauchte ein guter Tattoo-Künstler wenigstens zwei Sitzungen für ein perfektes Bild.

Sie kaufte Cola. Absinth (70 %). Kaugummis (12er-Pack).

Kondome (das heißt: die nahm sie an der Kasse wieder aus dem Korb und legte sie beiseite zwischen die Süßigkeiten; im Kloster war es einfach hoffnungslos, sie mal zu brauchen). Einige andere wichtige Sachen. Dann schleppte sie das Zeug zurück zum »Auto«, wo sie es hinter dem Fahrersitz deponierte. Inzwischen hatte Schwester Lucie doch einiges verkauft, und Lou fragte sich, ob dies der Grund dafür war, dass die Nonne ein Lied nach dem anderen anstimmte, das sie mit erstaunlicher Verve zum Besten gab – oder ob der Gesang womöglich umgekehrt der Grund für das gesteigerte Kundeninteresse war. Denn tatsächlich standen bisweilen ganze Trauben von Menschen um die Nonne herum, Touristen machten Fotos, Männer hoben erstaunt Augenbrauen, Frauen lächelten gerührt oder entzückt … Und das zumindest musste Lou zugeben: Die alte Dame hatte ein bemerkenswertes Organ! Mit der Stimme hätte sie in einem Gospelchor singen können, und zwar die Lead Vocals. Grinsend steckte sich die junge Frau einen neuen Kaugummi in den Mund, zog die Schuhe aus, stellte den Sitz so horizontal wie möglich (was nicht viel hieß), legte die Beine übers Lenkrad und die Arme hinter den Kopf und lauschte grinsend »When the Saints«, »When Israel was in Egypt's Land« und »La vie en rose«.

UNGLAUBLICHES

Die Rückfahrt war sehr viel entspannter gewesen als die Hinfahrt, wenn man davon absah, dass Schwester Lucie eher schweigsam war und dann doch einige Käselaibe wieder den Weg in den Klosterkeller hatten antreten müssen.

»Franchard hat nicht gekauft?«, fragte Schwester Sophie empört, als sie später in der Küche beisammensaßen. »Und Perrier?«

Schwester Lucie schüttelte betrübt den Kopf. »Haben sie ihn probiert?«

Ein Nicken. Allgemeines Seufzen. Es war zu befürchten gewesen. Schwester Madeleine gab ihrer Nichte ein Zeichen, sie nach draußen zu begleiten. Im Kräutergarten erklärte sie ihr: »Es liegt am Bleu.«

»Bof. Sie kennen ihn nicht«, sagte Lou, die absolut nicht fand, dass an dem Käse etwas auszusetzen war.

»O doch, sie kennen ihn. Du kennst ihn nicht. Nicht den richtigen Bleu. Den, den wir hier gemacht haben, als Schwester Agathe noch unter uns war.«

»Aha?«

»Der war wie von einem anderen Stern. Für den sind wir – naja, zumindest ein kleines bisschen – berühmt geworden. Warum auch immer, wir schaffen es nicht mehr, den Käse genauso zu machen.« Sie hielt kurz inne und fügte leise hinzu: »Genauso gut.«

»Hm. Und woran liegt es?« Nicht, dass es Lou wirklich interessiert hätte. Aber aus irgendeinem Grund brachte sie es nicht über sich, nicht nachzufragen.

»Wir wissen es nicht«, sagte ihre Tante leise, und es klang so verzweifelt, dass sie Lou fast leidtat. Natürlich nur fast.

An dieses Gespräch musste sie denken, als sie später auf ihrem Bett lag und der neu heruntergeladenen Musik lauschte, während sie wartete, dass die Dämmerung endlich in der Nacht versank. An manchen Tagen in Grigny stand sie um die Uhrzeit erst auf! Die Nonnen hatten wirklich einen völlig verdrehten Tagesablauf. Man sollte schon in aller Frühe aus dem Bett steigen, und den ganzen Abend verschwendete man dann ans Schlafen. Sie jedenfalls tat sich schwer, praktisch mitten am Tag ein Auge zuzutun. Und was noch schlimmer war: Sie hatte Hunger. Denn das Abendessen fand ja praktisch zu einer Zeit statt, zu der normale Menschen vielleicht zu Mittag aßen, oder wie in Lous Fall mitunter: frühstückten.

Also zog sie wieder ihre Jeans an, streifte sich ihr T-Shirt über und wollte gerade die Zelle verlassen, als sie draußen ein Geräusch hörte. Sie öffnete die Tür einen winzigen Spalt breit und spähte hinaus: Schwester Lucie wuselte den Flur hinab zur Treppe, die in den Keller führte. Es war nicht so, dass Lou das Gefühl gehabt hätte, etwas Verbotenes zu tun. Aber irgendwie fand sie, es müsse ja nicht jeder wissen, wenn sie sich in der Küche bediente.

Wobei es nicht viel zu wissen gegeben hätte: Der Brotkasten war nämlich leer. Sie hätte sich ein Stück Bleu nehmen können, doch von dem hatte sie an diesem Tag schon eine Überdosis gehabt. Ein paar Nüsse lagen in einer Schale auf der Anrichte. Ein Teller mit Äpfeln stand auf dem Tisch. Es gab Wurstreste im Kühlschrank, unter anderem eine scharfe Paprikawurst, von der sich Lou ein Stück abschnitt. Irgendwo existierte hier auch eine Speisekammer, man stieg dazu ein paar Stufen hinab. Lou suchte und fand die betreffende

Tür, öffnete sie, knipste das Licht an – und hätte sich beinahe übergeben. In mehreren Reihen stapelten sich auf Holzregalen völlig verschimmelte Brote! Schnell warf sie die Tür wieder zu und atmete tief durch. »Ich glaub's ja nicht«, keuchte sie und starrte die Tür an, die unbeeindruckt zurückstarrte.

»Was glaubst du nicht, Louise?«

Schwester Lucie stand wie aus dem Nichts neben ihr und blickte so besorgt, dass man nicht einmal ihre Zahnlücke sah.

»Da … drin.« Lou holte tief Luft. »Da drin liegen haufenweise vergammelte Brote.«

»In der Speisekammer?« Ein Lächeln. Die Zahnlücke tauchte wieder auf. »Ach was, das ist nicht vergammelt. Also jedenfalls nicht unabsichtlich.«

»Nicht unabsichtlich? Wer bitteschön lässt denn absichtlich Brot vergammeln?«

»Ich natürlich!« Schwester Lucie zog beherzt die Speisekammertür wieder auf und zeigte auf die Laibe: »Die zur Linken sind schon reif. Die zur Rechten brauchen noch ein paar Tage.«

»Ein paar Tage. Aha. Und dann sind sie vermutlich auch reif?«

»Aber ja! Die linken verarbeite ich morgen. Möchtest du mir zusehen?«

»Zusehen?«

»Bei der Verarbeitung.«

Die Nonne löschte das Licht, schloss behutsam die Tür. Gerade dass sie den vergammelten Broten nicht gute Nacht gewünscht hat, dachte Lou. »Sie kommen ja in den Käse«, erklärte die Nonne.

»Klar«, sagte Lou, für die Selbstbeherrschung ein Fremdwort war. »In der Küche sind ein paar Wurstreste. Die könnten wir ja auch noch reinstecken.«

Schwester Lucie lachte. »Wer weiß, vielleicht hat das nur noch keiner probiert. Der Bleu aber …« Sie hob den Zeigefinger und setzte eine gewitzte Miene auf. »Der Bleu braucht, wie alle Blauschimmelkäse, das Penicillium roqueforti, den Schimmel aus ganz bestimmten Brotsorten, die wir für unseren Bleu de Bleaumont natürlich selber backen.«

»Echt jetzt? In dem Käse ist vergammeltes Brot?«, fragte die junge Frau konsterniert, während sie im Griff der zwar kleinen und zierlichen, aber keineswegs schwachen Nonne in den Keller hinabstolperte.

»Verschimmelt, nicht vergammelt«, erwiderte Schwester Lucie, wobei sich Lou der Unterschied nicht wirklich erschloss. »Und ja, natürlich ist er dort drinnen. Von irgendetwas muss der Blauschimmel doch kommen, oder?«

Und mit einem Mal betrachtete Lou all die Käselaibe mit ganz anderen Augen. Auch die, die sich in den Regalen vor ihnen türmten, als sie unvermittelt in der Klosterkäserei standen, also dem Ort, an dem Schwester Lucie viele Stunden zubrachte und mit ihren Milcherzeugnissen Zwiesprache hielt, sie mit ihren kleinen, zierlichen Händen formte, in Tante Madeleines Kräutermischungen wälzte und schließlich für den Verkauf fertigmachte. »Hier entstehen die ganzen Bleus?«

»Richtig. Hier entstehen sie. Tag für Tag.« Die Schwester ging zu einem großen Trog, in dem eine Reihe neuer, noch ganz blasser und offenbar schimmelloser Käselaibe lagen. »Diese hier werde ich morgen impfen. Gleich nach dem Frühstück. Und ich würde mich sehr freuen, es dir zeigen zu dürfen.« Die Worte, die dem Sinn nach einer freundlichen Einladung entsprachen, klangen dem Ton nach eher wie ein Befehl. Eine Aufforderung, der Lou garantiert nicht zu folgen gedachte.

Um es dann doch zu tun. Denn tatsächlich war Bleaumont ein so unendlich langweiliger Ort, dass praktisch alles aufregender war als der Alltag. Lou neigte ja inzwischen zu der Auffassung, dass die dahingeschiedenen Nonnen nur aus dem Leben gegangen waren, um endlich mal eine Abwechslung zu haben. Ihr war jetzt auch klar, was mit dem Begriff »sterbenslangweilig« gemeint war.

»Hier!«, rief Schwester Lucie, als die junge Frau in der Käserei auftauchte, und warf ihr eine Schürze zu. Zum ersten Mal seit sehr langer Zeit, jedenfalls zum ersten Mal, soweit sich Lou selbst zurückerinnern konnte, trug sie etwas Weißes! »Ich zeige dir, wie es geht, dann kannst du es selbst einmal probieren.«

Die nächsten Stunden waren der Käserei gewidmet, und Lou schwor sich, dass niemand auf der Welt, schon gar nicht ihre Freunde in Grigny, jemals davon erfahren würden. Allerdings musste sie sich heimlich eingestehen, dass diese schmachvolle Tätigkeit durchaus ihre faszinierenden Seiten hatte. So hatte sie sich das nicht vorgestellt. Das hieß: So *hätte* sie es sich nicht vorgestellt, wenn sie denn jemals auf den Gedanken verfallen wäre, über etwas so Absurdes wie die Käserei nachzudenken.

Lou empfand es durchaus als Vertrauensbeweis, dass Schwester Lucie sie die Spritze mit der Schimmellösung setzen ließ. Übrigens war es gar nicht so einfach, eine einigermaßen gleichmäßige Maserung des Käses mit dieser besonderen Zutat zu erreichen. Mehr als einmal musste die alte Nonne korrigieren, mehr als ein Laib missriet so sehr, dass Schwester Lucie tröstend bemerkte: »Darüber freuen sich die Schweine von Monsieur Boucher, meine Liebe, mach dir keine Gedanken.« Obwohl es natürlich schon misslich war, dass das Ergebnis vieler Stunden mühe- und liebevoller Arbeit mit den ungelenken Versuchen weniger Augenblicke verdorben war. Und liebevoll war diese Arbeit. Tatsächlich fand Lou, dass die Hände der Schwester die Käselaibe auf eine Art behandelten, wie ihr Ex-Freund Gilles (genannt »G«; englisch auszusprechen) es mehrmals mit ihren Füßen getan hatte – er hatte das »Fußtantra« genannt. Es war also einige Leidenschaft im Spiel, eine Sinnlichkeit, die Lou in einem Kloster nicht erwartet hätte. Wiewohl die Beziehung zwischen Mensch und Käse ihrer Natur nach unzweifelhaft keusch war. Ein Wort, das Lou nicht eingefallen wäre, das aber den Sinn dessen traf, was sie empfand, als sie die Nonne bei der Verrichtung ihres Tagwerks beobachtete.

Die Stunden vergingen wie im Flug. Die Brote hatten ihre Scheußlichkeit verloren. Sie waren jetzt vielmehr zu etwas anderem geworden: zu Pilzen, die die Metamorphose aus einem Grundnahrungsmittel hinter sich gebracht hatten, eine Form von Veredelung des Banalen. Und ein Edelkäse war er ja auch, der Bleu de Bleaumont. Als zum Mittagstisch erneut das Produkt aus der Klosterkäserei auf den Tisch kam, blickte Lou nicht ohne Stolz auf das Geleistete zurück, sie empfand den Bleu beinahe ein wenig wie ihr eigenes Werk. »Wie lange macht ihr denn diesen Käse schon?«, fragte sie, überrascht von ihrer eigenen Neugier.

»Oh, das Kloster macht ihn seit Generationen. Niemand weiß, wie lange genau. Aber es heißt, dass schon im 18. Jahrhundert ein berühmter Käse aus diesen Mauern kam.« Schwester Sophie nickte bedeutungsvoll.

»Und was stimmt nun nicht mit dem Bleu, den wir hier haben? Ich meine«, sagte Lou. »Der schmeckt doch großartig.«

Schwester Madeleine seufzte. »Er ist gut, ja. Aber er ist nicht viel besser als alle anderen Blauschimmelkäse. Und das war er früher.«

»Zu Schwester Agathes Zeiten«, erklärte Schwester Lucie. Es war deutlich zu hören, dass sie sich schuldig fühlte.

So saßen die vier Frauen, schwiegen und dachten über das Verhängnis nach, das nicht nur den Stolz des Klosters beschädigt, sondern auch die Einnahmen empfindlich geschmälert hatte. Denn weder Fanchard noch Perrier hatten etwas vom Bleu gekauft – und wer vermochte schon zu sagen, wie viele andere nicht. »Und wenn es am Brot liegt?«, murmelte Lou, der nicht aus dem Kopf gehen mochte, wie hingebungsvoll Schwester Lucie die Laibe geformt und behandelt hatte.

»Am Brot?«

»Am Brot«, flüsterte Schwester Sophie und blickte in die Runde. Eine Stille breitete sich unter den Schwestern aus, als wäre der Heilige Geist persönlich unter sie getreten. Und vielleicht war er das ja – wenn auch in Person einer jungen Frau mit allerlei fragwürdigem Körperschmuck.

Das Penicillium roqueforti wuchs beileibe nicht auf jedem Brot. Es bildete sich weder in der gleichen Qualität noch Quantität. Und auch die Geschwindigkeit spielte eine Rolle. Dieses Wissen nützte für die Praxis allerdings wenig. Denn die selige Schwester Brigitte, die nur wenige Tage nach Schwester Agathe gestorben war, hatte wohl ihr Rezept für das Weißbrot hinterlassen, das Schwester Lucie pflichtschuldig bis aufs Zehntelgramm genau abwog und akribisch nachbuk. Sie hatte es aber versäumt, nähere Informationen zur Zucht des Schimmels an die Mitschwester weiterzugeben. Also hatte Schwester Lucie es so gemacht, wie sie es gesehen hatte (was nicht zu viel hieß, denn eigentlich war die leider ebenfalls heimgegangene Schwester Bernadette zur Erbin des klösterlichen Wissens auserkoren gewesen).

Mit vereinten Kräften hatten die verbliebenen Schwestern die Brotregale aus dem Keller in die Speisekammer gebracht, damit die Wege für Schwester Lucie kürzer waren. Außerdem war die Speisekammer für die kleine Gruppe Frauen überflüssig geworden. Und so lagerten die Brote weitaus besser als in dem modrigen Verlies, in dem sie Generationen lang auf ihre Verarbeitung gewartet hatten. Oder vielleicht doch nicht? Es war nur eine Bemerkung einer jungen Frau gewesen, die von der Käserei ungefähr so viel verstand wie die Nonnen von den Künsten der erotischen Verführung (nun ja, eher noch weniger), aber es war womöglich der Beginn einer Umwälzung – zum Überkommenen!

Natürlich würde es einige Zeit dauern, bis sich erwies, ob der Schimmel, den die Brote in dem alten Kellerloch ansetzten, von besserer Sorte war als jener, der in der Speisekammer wuchs. Wochen, um genau zu sein, in denen Geduld gefordert war. Geduld, die Schwester Lucie kaum aufzubringen vermochte. Immer wieder stand sie händeringend vor den

Regalen, die im Wesentlichen Lou geschleppt hatte, weil sie die Plackerei der alten Damen nicht mit ansehen konnte, und zwar mit Monsieur Bertin, der die Plackerei auch nicht mit ansehen konnte, allerdings eher, weil er, so gut es ging, die Augen geschlossen hielt, vermutlich, um Lou nicht ansehen zu müssen.

Und so neigte sich wieder ein Tag im Kloster von Bleaumont dem Ende zu, der ganz anders verlaufen war, als die junge Frau aus Grigny es sich hätte vorstellen können. So einfältig das Leben in diesem Nest am Ende der Welt war, so überraschend verliefen die Tage – und auch die Nächte, wie sich nicht zuletzt zeigen sollte.

Wieder lag Lou auf ihrem schmalen, harten Bett. Sie fröstelte sogar etwas, obwohl der Abend mild war. Aber wenn man den lieben langen Tag Regale schleppt und in der Käserei abhängt, dann ist auch am hintersten Ende der Welt eine Dusche angezeigt. Und wenn man unter die eisigen Schauer des Klosters zu Bleaumont steigt, dann stellt sich selbst bei der heißblütigsten jungen Frau eine Art rechtschaffene Erschöpfung ein. Solchermaßen ausgepowert und übererfrischt lag Lou und lauschte den Beats in ihrem Kopfhörer. Unter die sich allerdings ständig andere Beats mischten, die dem Rhythmus dermaßen entgegenliefen, dass Lou irgendwann entnervt die Stöpsel aus den Ohren rupfte und lauschte. Bässe waren das. Und zwar ziemlich mächtige. Ihr Kumpel Ives aus Grigny spielte solche wuchtigen Bassläufe. Er hatte irgendeinen alten Song ausgegraben, »In-A-Gadda-Da-Vida«, was zum Teufel auch immer das bedeuten sollte, und probte den seither praktisch ständig. Und zwar so lange, bis buchstäblich jeder, der ihm zuhörte, aufs Klo musste. Das ging Lou in dem Fall nicht so. So laut war's nicht. Aber es war eine Geräuschkulisse, die an einem solchen Ort nicht zu erwarten war.

Einmal mehr schlich Lou über die kahlen Flure des Klosters, lauschte, orientierte sich, lauschte wieder, suchte – und fand: Der Hammersound kam aus einer Zelle im hintersten Winkel des Klosters, wo sonst nichts war und niemand mehr wohnte. Lou klopfte. Nur dass niemand sie hörte. Wie auch – bei dem Lärm. Durchs Schlüsselloch war nichts zu sehen, also öffnete sie vorsichtig die Tür einen Spalt breit und blickte in die Zelle – um ihre Tante an der Bassgitarre zu sehen, einen Fuß auf dem Fender Rumble Stage 800-Verstärker, headbanging und völlig in ihren Bassläufen versunken, mit denen sie ohne Probleme Van Halen hätte Konkurrenz machen können.

Lou musste sich die Ohren zuhalten. Erst als Schwester Madeleine – nach einer gefühlten Ewigkeit – ihr Stück beendet und die Gitarre beim Wegstellen eine höllisch quietschende Rückkopplung erzeugt hatte, konnte sie sich überhaupt bemerkbar machen. »Madeleine?« Und dann dauerte es noch, bis die Nonne ihre Ohropax herausgenommen hatte. »Tante?«

»Oh, Lou! Hallo.«

»Ähm, hallo.«

»Was kann ich für dich tun?« Sie schaltete den Verstärker ab und klappte einen Gitarrenkoffer auf, der hinter ihr an der Wand lag.

»Ich habe die Musik gehört.«

»Ich hoffe, ich habe dich nicht gestört.«

Hatte sie zwar, aber: »Bof.«

»Es ist leider immer ein bisschen laut.«

»Das ist es.« Lou grinste. »Stört es die anderen nicht?«

Schwester Madeleine zuckte die Achseln. »Es gab ein paar, die es nicht leiden konnten. Ich habe deshalb jahrelang nicht gespielt.«

»Und jetzt?«

»Jetzt sind sie alle tot.«

Mord durch Bassgitarre, schoss es Lou durch den Kopf. »Du meinst, du hast jahrelang nicht gespielt, weil es Schwestern gab, die es nicht mochten?«

»Ja, so war das.«

»Und wo hast du das gelernt? Ich meine, es ist ja nicht … es gehört ja nicht zur Nonnenausbildung, dass man E-Bass lernt, oder?« Falls es so was wie eine Nonnenausbildung überhaupt gab.

Schwester Madeleine zog die Stecker aus der Bassgitarre, nahm ein Tuch und wischte das Instrument sorgfältig ab, bevor sie es in den Koffer legte. »Nein. Bassgitarre nicht wirklich. Aber Gitarre. Die kann man sehr gut lernen in Santa Maria de Artega.«

»Und da warst du mal?«

»Ich war ein ganzes Jahr dort, Lou. Guatemala.«

»Du bist ganz schön herumgekommen, was?«

Schwester Madeleine klappte den Koffer zu und räumte alles in eine Ecke des Raums. »Tipperary, Kampala, Tunis und Guatemala. Man verreist nicht unbedingt oft, wenn man Nonne wird. Aber man hat die Möglichkeit, Mitschwestern in anderen Ländern zu besuchen. Das dann aber auch für längere Zeit.«

»Cool.«

Plötzlich schien der Schwester etwas einzufallen. »Entschuldige, ich habe gar nicht gefragt. Möchtest du mal?« Sie zeigte auf den Koffer.

Lou schüttelte den Kopf. »Leider bin ich total unmusikalisch. Ich hör's nur gerne.«

Ihre Tante nickte. »Ich kann mir vorstellen, dass Serge nicht viel auf frühkindliche musikalische Bildung gegeben hat.«

Das hatte ihr Vater gewiss nicht. Und auch sonst hatte er nicht viel auf irgendetwas gegeben – außer auf Calvados, seine Kumpels und die ein oder andere Frau, mit der er sich ein paar Tage oder Wochen amüsierte, um dann zur nächsten zu ziehen.

»Trotzdem bist du nicht unmusikalisch«, erklärte Schwester Madeleine. »Ich habe dich singen gehört.«

»Singen? Mich?«

»Allerdings! Wenn du die Stöpsel in den Ohren hast, singst du meistens mit.«

»Die Stöpsel? Du meinst, ich singe mit, wenn ich Musik höre?«

»Genau das. Und du hast sogar eine ganz schöne Stimme. Schwester Lucie hat auch eine schöne Stimme.«

Lou nickte. »Ich habe sie gehört. Auf dem Markt. Das war Verkaufe, oder?«

»Verkaufe. Ich mag das Wort zwar nicht, aber ja: Es war Verkaufe. Die Menschen kaufen nun einmal lieber bei fröhlichen Menschen. Lucie macht das immer sehr gut.«

»Macht ihr denn manchmal zusammen Musik?«

Nun war es Schwester Madeleine, die grinste. »Ehrlich

gesagt, ja. Haben wir schon gemacht. Lucie, Sophie und ich.«

»Okay«, sagte Lou. »Lucie singt, du spielst den Bass. Und Schwester Sophie?«

»Oh, sie ist eine großartige Organistin! Aber seit der Petit Frère so morsch geworden ist, traut sie sich nicht mehr. Sie hat dann angefangen, Klavier zu spielen, und das macht sie wirklich fabelhaft.«

Klavier, Bassgitarre und Gesang. Das brachte Lou auf eine Idee. Das heißt: noch war es nur ein winziger Funken, die Ahnung einer Idee, von ihr selbst kaum wahrgenommen. Doch mächtig genug, um schon bald nicht nur ihr eigenes Leben zu verändern, sondern nicht zuletzt das der drei Schwestern und noch einer ganzen Reihe anderer Leute.

»Wir könnten natürlich mal für dich spielen«, sagte Schwester Madeleine und nahm Lou damit die Worte aus dem Mund.

UNERWARTETES

Zweifellos gehören Klöster zu den Orten auf der Welt, an denen Erweckungserlebnisse vielleicht nicht an der Tagesordnung sind, aber womöglich gelegentlich stattfinden. Das gilt nicht nur für Hausmeister, die unabsichtlich durch das falsche Fenster blicken, oder Nonnen, die erkennen, dass eine Speisekammer durchaus der falsche Ort für die Aufbewahrung von Lebensmitteln sein kann. Sondern auch für junge Frauen, die nicht im Entferntesten die Absicht haben, ihr Leben hinter Klostermauern zu fristen, sondern eher durch Zufall in ein solches geistliches Refugium gekommen sind – zumindest dann, wenn sich die Bräute Christi als veritable Rockband herausstellen. Was die drei alten Damen spielten, mochte für jemanden, der mit Techno und House aufgewachsen war, vielleicht etwas angestaubt wirken. Aber da zum Beispiel die Rolling Stones ja bekanntlich im wahrsten Sinn des Wortes unsterblich und also zeitlos sind und da es The Doors oder die Commodores zumindest im übertragenen Sinne sind, kann man beim Repertoire der Combo immerhin von so etwas wie »klassischer Moderne« sprechen. Und, hey, wer die drei »Easy« hat spielen hören oder »Satisfaction«, der wusste jedenfalls, was musikalische Leidenschaft war. Schwester Sophie in ihrem Rollstuhl rockte am Klavier, als wäre sie Meat Loaf persönlich, Schwester Lucie ließ mit ihrer Soul-Stimme den verblichenen James Brown erblassen. Und Tante Madeleine schaffte das Kunststück, dass gar nicht auffiel, dass es kein Schlagzeug gab. Lou jedenfalls riss es mit, sie tanzte und klatschte und schrie »Geiiiiiiil!!!«, als die drei Schwestern ihre Darbietung beendeten.

So weit der kurze Bericht von der Privatvorführung für die Besucherin aus Paris. Es wird hinreichend deutlich, dass die Band mehr war als das, was man gemeinhin als – in diesem Fall klösterliche – Hausmusik bezeichnet. Gut, der eine oder andere Einsatz ging womöglich schief. Und Schwester Lucie traf manchen Ton nicht astrein. Jedenfalls nicht astreiner als ihre Partnerinnen, die mit ihren arthritischen Fingern schon mal danebengriffen. Aber machte das was? Ja, es machte etwas: den Unterschied! Die drei waren nicht nur großartig, sie waren authentisch. Wozu sollten sie da auch noch brillant sein. Nein, Lou wusste, wie eine Band klingen musste. So wie diese. »Habt ihr euch eigentlich einen Namen gegeben?«

»Einen Namen? Aber du weißt doch, wie wir heißen.«

»Nein, ich meine als Band.«

»Ach Gott, Band. Wir sind doch keine Band«, sagte Schwester Madeleine. »Wir musizieren nur ein wenig zusammen.«

»Wie wäre es mit Les Bleues de Bleaumont?«, fragte Schwester Lucie schüchtern und blickte verlegen zu ihren Mitschwestern.

Schwester Sophie schüttelte verständnislos den Kopf. »Es gibt keine Band«, sagte sie. »Und es gibt keinen Namen. Außerdem ist unsere Tracht schwarz mit Weiß. Es gibt nichts Blaues.«

Schwester Madeleine trat zu ihrer Nichte und legte ihr die Hand auf die Schulter. »Ich freue mich, dass es dir gefallen hat. Ich glaube, uns hat es auch gefallen. Oder?«

Die beiden anderen nickten. Schwester Lucie klappte den Klavierkasten zu und schob Schwester Sophie hinüber ins Refektorium, Schwester Madeleine packte ihren Bass wieder ein und nahm den Verstärker vom Strom. Lou aber ging nach draußen in den Garten, wo sie unauffällig ein paar rein zufällig auf einem Mäuerchen vertrocknete Cannabis-Blätter einsammelte und sich in den Schatten einer alten Ulme setzte, um sich eine Zigarette zu drehen.

Was bisher nur eine Art vorwitziger halber Gedanke gewesen war, formte sich nach und nach zu einer Idee, ja zu einem Projekt! Und wenn es nicht nur die ätherischen Inhaltsstoffe der Selbstgedrehten waren, die hier ihr geistiges Werk vollbrachten, dann konnte dieses Projekt womöglich eine ganze Reihe von Problemen mit einem Schlag lösen!

Allerdings brauchte sie dafür die Unterstützung von Ali. Und den zu erreichen, war schon nicht einfach, wenn man Handy-Empfang hatte …

Monsieur Bertins R4 war natürlich keine Option. Und das lag nicht an der Gangschaltung oder an der kruden Optik (die wäre ja fast eher noch ein Vorteil gewesen!). Es lag schlicht am Platz. Aber genau das brachte Lou auf die Lösung.

»Darf ich mir mal Ihren Wagen ausleihen?«, fragte sie den Hausmeister trotzdem, der kaum wusste, wohin er blicken sollte, als die junge Frau aus der Hauptstadt plötzlich in ihrem schwarzen, ärmellosen T-Shirt unter ihm stand und sich geradezu provokativ vor der Leiter postierte. Er räusperte sich, räusperte sich nochmals – und räusperte sich ein drittes Mal, während er sich die Säge, mit der er einige beim letzten Unwetter in Mitleidenschaft gezogene Äste eines Apfelbaums zurückschnitt, umständlich an seinen Gürtel hängte. »Ja, also … Ähm, wo soll's denn hingehen?«

»Nur in den Ort.«

»Oh. Ja dann …«

Lou nickte, ging aber nicht, und Monsieur Bertin stand deshalb weiterhin anderthalb Meter über ihr und blinzelte nervös. »Sonst noch was?«

»Der Schlüssel«, sagte Lou. »Ich brauche den Schlüssel.«

»Oui, bien sûr!« Er rieb sich die Stirn. »Meine Frau … sie kann Ihnen … das heißt … Moment!« Aus irgendeinem Grund schien er plötzlich ganz erschrocken und erklärte: »Ich komme runter. Moment. Ich gebe Ihnen den Schlüssel. Sie müssen nicht … Sie brauchen nicht …« Die letzten zwei

Sprossen verpasste er unglücklich, weshalb er Lou einen Augenblick später von unten anstarrte.

Mit hochrotem Kopf humpelte Monsieur Bernard Bertin vor der jungen Frau her zur Scheune, wo der R4 neben all den schönen Landwirtschaftsmaschinen parkte. Der Schlüssel war an einem Haken neben der Tür angebracht: Jeder hätte ihn nehmen und den Wagen stehlen können – wenn es denn auf dem Planeten einen Menschen gegeben hätte, der so umnachtet oder so verwegen war, einen R4 zu stehlen.

Lou war gerade bis zur Mauer des Grundstücks vorgerollt und hatte zum dritten Mal den Motor abgewürgt, als in der Einfahrt die Polizeistreife auftauchte. »Ah! Louise Prevost aus Paris!«, sagte Lionel, stieg aus und setzte seine Kappe auf, als begänne nach einer gemütlichen Spazierfahrt nun der amtliche Teil des Tages. »Wohin des Weges?«

Geistesgegenwärtig streifte Lou ihre Schuhe ab und legte die Füße hoch. »Nirgends«, sagte sie. »Ich sitze hier nur.«

»In Bertins Ferrari?«

»Bof. Die Sitze sind gemütlich.«

»Darf ich mal Ihren Führerschein sehen?«

»Hab ich nicht dabei.«

»Das Führen eines Fahrzeugs ohne Führerschein …«

»In einem Auto sitzen, das nicht fährt, ist kein Führen eines Fahrzeugs.«

Lionel grinste. Lou hätte ihm am liebsten eine verpasst. Aber natürlich beherrschte sie sich. Sie prüfte deshalb nur ihre Fingernägel und sagte: »Ach, sagen Sie mal, könnten Sie mich wieder mitnehmen? Fahren Sie runter ins Dorf?«

Der Polizist wandte sich zu seinem Kollegen um, der am

Steuer des Einsatzwagens sitzengeblieben war. »Fahren wir ins Dorf, Fredo?«

»Kommt drauf an.«

»Kommt worauf an, copain?«

»Ob du sie festnimmst oder nicht.« Nun war es Fredo, der grinste.

»Ich schlage vor, wir nehmen sie erst mal mit und überlegen es uns unterwegs«, erklärte Lionel und öffnete die Fahrertür von Monsieur Bertins Schmuckstück, die allerdings so knackte, dass er unwillkürlich einen Schritt zur Seite tat.

Keine zwei Minuten später fuhren sie in die »City« von Bleaumont, das hieß: nicht ganz. Denn am Ortseingang klopfte Lou dem Fahrer auf die Schulter. »Halten Sie doch hier an, Fredo.«

»Hier? Was wollen Sie denn bei Joe's Garage?«

»Muss was mit dem Besitzer besprechen.«

»Na gut.« Er wandte sich an seinen Kollegen. »Also lassen wir sie laufen?«

»Lassen wir, Fredo. Sie hat Glück, dass der Motor von Bertins Wagen aus war. Rein zufällig natürlich. Sonst hätten wir eine andere Situation.«

»Stimmt. Eine ganz andere.« Fredo grinste über seine Schulter und winkte mit dem Zeigefinger, was angesichts des Schlangentattoos zumindest unkonventionell wirkte.

»Schon klar, Jungs. Danke fürs Mitnehmen.« Lou sprang aus dem Polizeiauto und winkte den beiden hinterher. Irgendwie waren die Bullen hier ganz anders drauf als in Grigny. Viel lockerer. Wäre vielleicht mal einen Versuch wert gewesen, dass die Polizei in der Banlieue sich ähnlich verhielt.

Der Inhaber der Fahrzeugwerkstatt schien seine Siesta

generell unter irgendwelchen Autos zu halten. Denn wie schon bei ihrem ersten Besuch, rollte er auch diesmal wieder unter einer Karosserie hervor und wischte sich die Hände ausgiebig an einem Lappen ab, gegen den Lous schwärzeste Tattoos wie zartes Grau wirkten. »Bonjour, Mademoiselle. Haben Sie sich wieder verlaufen?«

»Nein. Diesmal bin ich auf der Suche nach einem Wagen.«

»Ah! Und was schwebt Ihnen vor?«

»Der da«, sagte die junge Frau und zeigte auf einen Kastenwagen, den sie schon beim letzten Mal hier gesehen hatte.

»Der Citroën?« Selbst Joe (oder wie immer er in Wahrheit hieß) schien verblüfft. »Das ist ein Typ H.«

»Bof. Wie er heißt, ist mir egal. Ich denke, er ist das, was ich brauche.«

»Der wird schon seit vierzig Jahren nicht mehr gebaut. Eher fünfzig.«

»Wenn ich es richtig sehe«, sagte Lou, »dann ist er ja bereits gebaut. Kann mir also egal sein, wenn er jetzt nicht mehr gebaut wird.«

Joe kratzte sich am Kopf, wischt sich gedankenversunken noch einmal die Hände ab, wodurch sie vermutlich eher wieder schmutziger wurden. »Also, es ist ein Oldtimer.«

»Fährt er?«

»Das schon.«

»Was wollen Sie denn für den?«

Der Automechaniker rieb sich die Nase (mit entsprechenden Folgen für sein Gesicht). »Tja, eigentlich ist der unverkäuflich.«

»Sie können ihn mir gerne auch schenken«, sagte Lou

und ging um den Wagen herum. Er sah natürlich absurd aus. Aber dass er blau war, war wie eine Fügung des Schicksals. Mit dieser schrägen Optik war das fast schon so was wie ein Markenzeichen.

Joe lachte. »Sie sind gut. Er mag ja nicht mehr viel hermachen. Aber das ist ein Liebhaberstück!«

Lou nickte. »Und kommen oft Liebhaber bei Ihnen vorbei, um einen zu kaufen?«

Der Automechaniker blies die Backen auf und dachte offensichtlich angestrengt nach. Fairerweise muss man sich die Wahrscheinlichkeit des Besuchs einer sehr modernen und selbstbewussten jungen Frau auf der Suche nach völlig überalterten Kastenwagen in den entlegensten Winkeln der burgundischen Provinz vor Augen führen, um zu verstehen, wie sehr Joe bei diesem Gespräch an die Grenzen seiner kommunikativen Fähigkeiten kam – oder vielmehr: wie weit darüber hinaus. »Sie sind die junge Frau, die bei den Nonnen lebt, richtig?«

»Richtig.« Lou hatte keine Lust, das genauer darzulegen.

»Und wofür brauchen Sie den Wagen?«

»Für die Nonnen. Wir haben ein Projekt, für das wir ein geeignetes Transportmittel benötigen.«

»Ein Projekt. Soso.« Er dachte eine Weile nach, während Lou, ohne zu fragen, einstieg und immerhin feststellte, dass das Gefährt eine richtige Gangschaltung hatte – nicht so eine wie der R4.

»Nun, schenken werd ich Ihnen den Wagen sicher nicht«, erklärte Joe. »Aber ich kann ihn Ihnen leihen. Wenn Sie mir versprechen, dass Sie gut auf ihn aufpassen!«

Die Gangschaltung war dennoch ein Monstrum, was beide auf unterschiedliche Weise schmerzhaft feststellten, als die junge Frau aus Grigny wenig später unter Krachen und Aufheulen aller mechanischen Bestandteile des Wagens nach draußen rollte und dann Richtung Bleaumont-sur-Bleau davonfuhr. Und als hätte es Alphonse-Antoine de la Franc-Peroche im fernen Grigny geahnt, leuchtete seine Nummer in dem Augenblick auf Lous Handy auf, in dem sie den Ort – und damit das Netz – erreichte. »Salut Ali! Woher wusstest du, dass ich mit dir sprechen will.«

»Hellseherei?«

»Perfektes Timing. Du musst mir helfen.«

»Lass hören.«

Mit dem, was der junge Mann, dessen Name so gar nicht zu seinem Lebenswandel passte, aber hörte, hätte er absolut nicht gerechnet. »Echt jetzt?«, sagte er, als Lou fertig war.

»Denkst du, ich will dich verarschen?«

»Ehrlich gesagt, ja.«

Grigny

ERSTAUNLICHES

Wer nie in Grigny war, der hat vermutlich nur eine vage Vorstellung von dieser Stadt. Auch wenn es sich nur um einen der zahllosen Vororte von Paris handelte, so lebten hier mehr Menschen als in Bleaumont und Beaune (und Meursault und Seurre und Chalôn) zusammen. Insbesondere lebten viele von ihnen in vertikaler Anordnung! »Eine Menge Hochhäuser«, konstatierte entsprechend Schwester Sophie, als die ersten Ansichten der Gemeinde vor ihnen auftauchten.

»Absolut«, sagte Lou. »Die meisten meiner Freunde wohnen in einem.«

»Ach. Und du auch?«

»Ich wohne zurzeit nirgends. Außer bei euch.«

Einen Moment schwiegen die drei Nonnen, und es war nur das mehr oder weniger gleichmäßige Rattern des Motors zu hören, an dessen Musikalität sie sich inzwischen gewöhnt hatten. »Also, ich kann mir das gar nicht vorstellen«, sagte schließlich Schwester Lucie leise, »gar nirgends zu wohnen.«

»Was die Frage aufwirft, wo wir eigentlich unterkommen werden«, erklärte Schwester Sophie, die von allen das größte Organisationstalent besaß, zugleich aber wegen des Rollstuhls auch diejenige war, die es in praktischen Dingen am schwersten hatte.

Lou lächelte stolz. »Ich habe mit Georges telefoniert. Er hat sich darum gekümmert.«

»Georges?«

»Dem Pfarrer.«

»Pfarrer Georges!«, sagte Schwester Madeleine erleichtert. »Das klingt doch fein. Von welcher Gemeinde ist er denn?«

»Notre-Dame-de-Toute-Joie. Ich bin als Kind manchmal dort gewesen.« Sie erwähnte nicht, dass es vor allem deshalb war, weil sie dort etwas Warmes zu essen bekommen hatte.

»Notre-Dame, das ist gut«, sagte Schwester Lucie. »Eine Schwestergemeinde.«

»Und ist es noch weit bis dorthin?« Schwester Sophie litt unter den Autofahrten. Das ständige Sitzen im Rollstuhl war ihr schon eine Qual. Aber wenn sie auf unbequemen Sitzen Platz nehmen musste, war es noch schlimmer. Und der alte Kastenwagen hatte nun einmal unbequeme Sitze. Sehr unbequeme sogar.

»Wir sind da!« Auch, wenn Lou nicht nur angenehme Erinnerungen mit ihrer Heimatgemeinde verband, so war es eben doch der Ort, an dem sie aufgewachsen war, den sie wie ihre Westentasche kannte, wo man umgekehrt sie kannte und wo sie oftmals eine geile Zeit verbracht hatte. Sie war lieber in Grigny als in Paris, wo alles unbezahlbar war, wo die Arroganz zu Hause war, wo eigentlich gar keine normalen Menschen mehr lebten, sondern nur noch Wichtigtuer, Erben und Großverdiener.

»Aha«, sagte Schwester Madeleine leise und ließ den Blick über die gewaltigen Betonmassen schweifen, die sich ringsumher türmten. »Und wo?«

»In Grigny.«

»Nein, ich meine, wo ist denn die Kirche.«

»Na hier!« Lou deutete auf das Gotteshaus auf der anderen Straßenseite. »Notre–Dame-de-Toute-Joie-à-Grigny. Georges wartet sicher schon auf uns.«

Architektur ist bekanntlich ein Thema, über das sich trefflich streiten lässt. Im Falle von Grigny, das auf den Fundamenten einer ausgeprägt modernistischen städtebaulichen Haltung nach dem Geschmack und den Erkenntnissen der sechziger und siebziger Jahre errichtet worden war, hätten die drei Damen aus der Provinz – Nonnentum hin oder her – einstimmig darauf bestanden, dass es sich bei keinem der Gebäude überhaupt um Architektur handelte.

»Und hier bist du aufgewachsen?«, flüsterte Schwester Madeleine, die unwillkürlich den Arm um ihre Nichte gelegt hatte. Alle drei alten Damen machten keinerlei Anstalten, den Wagen zu verlassen.

Nachdenklich blickte Lou nach draußen und dann von einer Nonne zur anderen. »Sind es etwa die vielen Schwarzen, die euch stören?«

»Die Schwarzen?«, fragte Schwester Sophie. »Bof, schwarz sind wir selber. Na los, helft mir mit dem Rollstuhl und lasst uns mal diesen Georges und seine seltsame Pfarrei ansehen.«

Lou sprang aus dem Wagen und holte aus dem hinteren Teil des Kastenwagens den Rollstuhl, Schwester Madeleine und Schwester Lucie hievten die mächtige Schwester Sophie von ihrem Sitz in das Vehikel. Als sie alle drei erschöpft innehielten, hefteten sich ihre Blicke auf das Bauwerk, das der Mutter Gottes gewidmet war. »Sieht eher aus wie der Kühlturm eines Atomkraftwerks«, sagte Schwester Sophie.

»Oder wie Bunker aus dem Zweiten Weltkrieg an der Küste

in der Normandie«, stellte Schwester Lucie mit überwölkter Stirn fest.

»Ach Kinder, nun warten wir doch mal ab, wie das Ding von innen aussieht. Außerdem erinnert mich der Stil an Kampala.«

»Jaja«, knurrte Schwester Sophie. »In der Erinnerung wirkt vieles schöner.«

»Vielleicht sieht es von innen freundlicher aus! Es ist immerhin eine Kirche …« Schwester Madeleine packte den Rollstuhl und schob ihre Mitschwester beherzt über die Straße. Und in der Tat behielt die alte Dame recht! Als die Kirchentüren hinter den vier Frauen zuschwangen, hatte sich ein abweisender Klotz aus Sichtbeton in ein helles Bauwerk verwandelt, dessen Wände von bunten Kunstwerken verziert waren und unter dessen emporstrebenden Holzbalken sich eine fröhliche Rotunde als Versammlungsraum präsentierte. Beinahe hätten die drei Nonnen vergessen, sich zu bekreuzigen, so überrascht waren sie. Nach dem Schock des ersten Eindrucks von dieser Kirche, die so ausnehmend hässlich in der Landschaft stand (wobei von »Landschaft« in diesem Moloch nicht die Rede sein konnte), waren sie auf den zweiten – positiven, angesichts der bunten Belebtheit des Ortes – nicht gefasst gewesen.

»Und das müssen die Schwestern aus dem Burgund sein!«, rief eine männliche Stimme von der Seite. Der dritte Schock, als nämlich Pfarrer Georges mit schnellen Schritten auf sie zukam, war vielleicht der größte.

Wenn man in einem Citroen Typ H unterwegs ist, dann kann man gar nicht so früh aufbrechen, dass eine Fahrt von der Côte-d'Or in die Ausläufer von Paris nicht zur Tagesreise wird. Und so war es keine Überraschung, dass die drei Damen in Schwarz sich erst am Abend in der Heimatstadt von Louise Prevost einfanden. Es hatte einiger Überzeugungs- und noch mehr sonstiger Arbeit bedurft. Lou war unermüdlich gewesen: Nicht nur hatte sie den Pfarrer der kleinen Gemeinde in Grigny für ihre Pläne gewinnen müssen; nicht nur hatte sie Ali überzeugen müssen, dass er sich für das Projekt verwendete; nicht nur hatte sie einen Besuch bei Frédy, dem Tattoo-Künstler in Beaune machen und ihn überreden müssen, mal ausnahmsweise nicht Körper zu tätowieren, sondern seine Fähigkeiten für ein geiles Logo auf einem klapprigen, alten Kastenwagen einzusetzen – vor allem anderen hatte sie die drei Nonnen bearbeiten müssen. Und das war nicht zuletzt deshalb erstaunlich schwierig gewesen, als jede ihre ganz eigenen Gründe vorgebracht hatte, nicht mitmachen zu wollen. »Mein Kräutergarten, Lou«, hatte Schwester Madeleine gesagt, »den kann ich nicht tagelang allein lassen.« Dabei hatte sie nicht einmal gewusst, dass es nicht um Tage, sondern um Wochen ging, zumindest wenn alles klappte.

»Ich kann unmöglich weg. Erstens habe ich so viel Bürokram zu erledigen.« Schwester Sophie blickte nicht einmal von ihren Papieren auf, als Lou im Officium stand. »Und zweitens geht das mit dem Rollstuhl sowieso nicht. Außerdem wird es uns am Ende womöglich mehr kosten, als es bringt.«

»Der Käse braucht Pflege«, hatte Schwester Lucie erklärt und bedauernd die Arme gehoben. Auch wenn Lou das Gefühl gehabt hatte, dass die alte Dame das Abenteuer gern unternommen hätte, so war das doch der stichhaltigste Grund gewesen. Aber durfte es wirklich sein, dass der Bleu den Bleues einen Strich durch die Rechnung machte?

»Die neuen Brote brauchen noch einige Zeit«, gab Lou zu bedenken. »Bis dahin könnten wir den Käse in der Speisekammer lagern. Bis wir zurück sind, kümmert sich Madame Bertin um ihn. Vielleicht geht es schief. Aber wir haben doch sowieso einen Neustart vor. Da wäre jetzt der beste Zeitpunkt für eine Pause. Wenn wir erst alles auf den Weg gebracht haben, ist es viel schwieriger, für ein paar Tage wegzukommen.«

Schwester Lucie blickte aus dem Fenster über dem Herd, wo sich ein sanfter Hang mit den Obstbäumen des Klosters erstreckte, hinter dem die Scheune von Monsieur Bertins Hofgut lag und – wenn man weiter gesehen hätte – die Straße nach Bleaumont-sur-Bleau. Sie seufzte. Ja, sie wäre wirklich gern noch einmal auf Reisen gegangen. Das war so überdeutlich spürbar, dass Lou aufstand und sie unwillkürlich umarmte. »Wäre das nicht ein großartiges Vorhaben?« Sie konnte den sehnigen, knochigen Körper unter der Tracht fühlen und beinahe ermessen, wie groß die Sehnsucht nach den Verlockungen der Welt da draußen sein musste, wenn man alt war und seit vielen Jahren an den meisten dieser Verlockungen nicht Anteil hatte haben dürfen.

Später, im Gras hinter der Mauer des Kräutergartens, hatte Lou sich endlich gemütlich eine Zigarette gedreht und sich erneut alles durch den Kopf gehen lassen. Doch wie sie es auch wendete, sie konnte keinen Haken an dem Projekt finden. Sie hatte zwar die Auflage, zwölf Wochen im Kloster zu verbringen, und davon waren gerade drei Wochen um. Aber mit den Schwestern auf die Reise zu gehen, war letztlich dasselbe wie mit dem Kloster auf die Reise zu gehen, oder? Als einen Verstoß gegen ihre Bewährungsauflagen konnte Lou das jedenfalls nicht betrachten. Außerdem hatte sich bis heute kein Mensch gemeldet, um zu kontrollieren, ob sie überhaupt hier angekommen war, nicht mal ihre Sozialarbeiterin. Nein, da war kein Haken. Klar, es konnte schiefgehen. Aber was im Leben konnte nicht schiefgehen? Entscheidend war, dass es eine Chance gab. Und wenn Lou sich nicht sehr täuschte, dann war das sogar eine ziemlich gute Chance. Sie kannte ihre Kumpels in Grigny. Sie kannte die Clubs und Labels. Vor allem aber kannte sie …

»Darf ich mal ziehen?«, fragte Tante Madeleine, die plötzlich neben ihr aufgetaucht war und sich nun ebenfalls ins Gras sinken ließ.

»Ich weiß nicht, ob dir die schmecken«, gab Lou zu bedenken.

»Ich werd's dir sagen.« Die Nonne nahm Lou den Joint ab und gönnte sich einen kräftigen Zug. »Doch. Die ist gut. Machst du mir auch so eine?«

»So eine?«

»Mit allem, was reingehört. Erinnert mich ein bisschen an Santa Maria de Artega.«

»Mexiko.«

»Guatemala.« Die alte Dame lächelte versonnen und ließ den Blick über die Weinberge schweifen, die sich auf der anderen Seite des Tals erhoben. »Gott, ist das schön hier.«

»Ist es, Tante. Aber leider am Arsch der W…« Okay, so hatte sie das nicht sagen wollen.

»Das stimmt allerdings.« Sie zuckte mit den Achseln. »Früher war's der Nabel der Welt.«

»Früher?«

»Vor ein paar hundert Jahren. Da war das Burgund reich und prächtig, der Mittelpunkt von Kunst und Kultur und Politik. Es hat wirtschaftlich floriert, das Geld floss … Aber die Zeiten ändern sich. Was damals groß und mächtig war, ist heute unbedeutend. Und was heute aufregend und großartig ist, ist morgen wieder vergessen.«

»Hm. Bitte.«

»Danke.« Die Schwester nahm die Selbstgedrehte und ließ sich von ihrer Nichte Feuer geben. »Vorsichtig«, sagte sie lächelnd. »Meine Kräuter sind ziemlich kräftig. Nicht wie das Zeug, das man in den Städten unter irgendwelchen Kellerlampen zieht.«

»Hätte ich nicht gedacht«, murmelte Lou.

»Was? Dass du mal einen Joint mit mir rauchen wirst?« Schwester Madeleine lachte. »Und ich hätte nicht gedacht, dass uns mal jemand zu einem solchen Vorhaben bringen würde. Meine Mitschwestern benehmen sich schon wie die jungen Hühner! Ich vermutlich auch.« Sie blies den Rauch durch die Nase aus und blickte in den Himmel. »Les Bleues de Bleaumont. Klingt jedenfalls schön. Vielleicht sollten wir wenigstens einen Laib Käse einpacken.«

Und das hatten sie auch getan. Mit der Folge, dass in Grigny alles nach dem Bleu roch: die Kleider, die Instrumente, das ganze Gepäck. »Ich würde ihn gern Pfarrer Georges schenken«, hatte Lou gesagt, weniger aus Nächstenliebe als aus Selbsterhaltungstrieb.

»Das ist eine schöne Idee«, fand Schwester Lucie, und die anderen hatten ebenfalls nichts einzuwenden. Weshalb Lou nun mit einem Laib Käse im Arm hinter den Nonnen stand, als trüge sie ein Neugeborenes.

»Loulou!«, rief der Pfarrer und war schon im Begriff, seine mächtigen Arme um sie zu schlingen, um dann im letzten Moment angesichts des Mitbringsels doch nur beide Pranken auf ihre Schultern zu legen. »Wie schön, dich zu sehen! Darfst du schon wieder …«

»Georges!«, fiel die junge Frau ihm rasch ins Wort, »Wo hast du dir denn den machen lassen?«

»Scharf, oder?«

»Abgefahren!«

»Gonzo hat den gemacht. Und den hier auch.« Er deutete auf seine linke Ohrmuschel. Der Nasenring und eines der zahllosen Piercings am Ohr stammten also offenbar von einem gewissen Gonzo. Neben Georges, der locker zwei Meter in der Höhe maß und zumindest gefühlt kaum weniger in der Breite, nahmen sich die drei alten Damen aus wie ein Rudel schwarzer Hundewelpen – nicht zuletzt, weil sie sich unwillkürlich etwas aneinandergedrückt hatten.

Georges schien das nicht zu stören. Er umarmte jede von ihnen ebenso stürmisch wie überraschend behutsam. »Ich freue mich so, dass Sie da sind!«, versicherte er den Besucherinnen vom Land. »Loulou hat mir schon viel von Ihnen erzählt.«

»Tatsächlich?«, sagte Schwester Sophie und reichte ihm den Käse.

»Aber ja!« Georges lachte und entblößte dabei eine Reihe von Goldzähnen. »Ich kenne jetzt alle Ihre kleinen Geheimnisse.« Er zwinkerte den drei alten Damen zu, soweit das mit den diversen Augenbrauenpiercings möglich war. »Und das ist der berühmte Bleu! Den werde ich mit meinen Sonntagsgästen teilen, die bekommen nicht allzu oft etwas so Besonderes.« Er legte den Laib mitten auf den Altar wie eine Opfergabe, dann wandte er sich wieder den Schwestern zu. »Sie sind bestimmt neugierig, alles zu sehen. Aber nach der langen Fahrt sollten Sie erst einmal etwas Ordentliches essen. Ich habe uns einen Tisch im Phang Phang reserviert.«

Ehe noch eine der Schwestern protestieren konnte, schob Georges den Rollstuhl durch die Kirchenpforte wieder nach draußen und links die Straße runter, während Lou und die beiden anderen Schwestern ihm folgten.

Das Phang Phang entpuppte sich, ganz ähnlich wie die Kirche, von außen als grässlich, aber innen als ganz entzückend. Es war in einem Flachbau gelegen, von denen sich einige hinter der Kirche erstreckten, als hätte man die Über-überhöhe der Wohnhäuser durch eine zu niedrige Bauweise für die Geschäftsgebäude kompensieren wollen. An den Fenstern klebten verblichene Fotos von Speisen, die farblich inzwischen alle aussahen, als wären sie schon mal gegessen worden. Der Gastraum war nicht allzu groß und dafür umso liebevoller gestaltet. Von der Decke hingen zahllose Lampions, Bambusgeflecht zierte die Wände, auf den winzigen Tischen standen kleine, phiolenartige Vasen mit hauchzarten Blumen, deren lanzettenförmige weiße Blütenblätter Schwester Madeleine in Entzücken versetzten.

Und dann das Essen! Mit wenigen Handgriffen hatte der Pfarrer einige Tische zu einer Tafel zusammengestellt und Schwester Sophie perfekt im Winkel zwischen Tür und Fenster platziert, sodass sie weder durch kommende oder gehende Gäste belästigt wurde noch durch die Bedienung. Und schon wurde auch die erste Platte aufgetragen, ein Reisgericht mit tausenderlei Gewürzen, von kleinen Schälchen mit undefinierbaren Soßen umringt. Wenige Augenblicke später war auf den Tischen kaum noch Platz.

»Erwarten Sie noch jemanden?«, fragte Schwester Madeleine. »Eine Fußballmannschaft zum Beispiel?«

Georges lachte dröhnend und legte der neben ihm sitzenden Nonne den Arm um die Schultern. »Sie gefallen mir, Schwester. Sie sind nach meinem Geschmack.«

»Nun, das ehrt mich vermutlich. Und es freut mich. Aber ich fürchte, Sie haben es hier mit der Gastfreundschaft vielleicht ein bisschen … übertrieben?«

Aus dem Lachen war mit einem Mal ein feines Lächeln geworden. Der Pfarrer blickte der alten Dame in die Augen (und sie konnte nicht umhin festzustellen, dass er ein ausgesprochen charismatischer Mann war) und sagte leise: »Mit der Gastfreundschaft, liebe Schwester, kann man es nie übertreiben.«

»Ja, da hat un-se He Pfare recht!«, schaltete sich die Bedienung ein, eine schmale Frau in entzückender Tracht, die vermutlich auch die Wirtin war.

»Ich sehe schon«, sagte Schwester Sophie, die diesen großen Mann spontan ins Herz geschlossen hatte. »Sie sind öfter hier zu Gast, Herr Pfarrer.«

»Georges«, erwiderte er. »Bitte nennen Sie mich einfach Georges. Und Sie sind?«

»Sophie.«

»Madeleine.«

»Lucie.« Die drei Schwestern antworteten, ohne zu ahnen, dass sie damit einen großen Schritt in eine Richtung getan hatten, von der sie noch gar nicht ahnen konnten, wie sehr sie ihrer aller Leben verändern würde.

Falls die drei alten Damen nach der langen Autofahrt unter Kreislaufproblemen gelitten haben sollten, so taten sie dies spätestens nach dem Som Tam nicht mehr. Auch das Rote Curry jagte den Puls in ungeahnte Höhen, ähnlich wie das Tom Yam Gung und das Tom Kha Gai. Für den Stoffwechsel sorgten sie alle, die deliziösen Kredenzien des Phang Phang. Es muss der Wahrheit halber aber konzediert werden, dass nur die Schwestern Lucie und Sophie sich an den Hals griffen und aus Unwissenheit versuchten, die inwendigen Flächenbrände mit Reiswein zu löschen. Schwester Madeleine war nicht nur beeindruckt, sondern auch begeistert. Schon nach den ersten Bissen tauschte sie sich über die exquisitesten und exotischsten Gewürze aus, die die fernöstliche Küche ganz allgemein und die thailändische im Besonderen zu bieten hatte.

Georges indes fachsimpelte mit Schwester Sophie über Bachs Kunst der Fuge, über die Orgeln in den Kathedralen von Reims und Metz (die sie beide schon hatten spielen dürfen), über Portative und Positive, über die Vorzüge der Kalkanten gegenüber einem elektrischen Gebläse, aber natürlich auch über die Doepfner LMK4+ und über den Sequential Prophet X. Wie sich nämlich herausstellte, hatte Georges vor der Theologie Kirchenmusik studiert und war dann eher zufällig ins Priesterseminar geraten. Ein Spätberufener sozusagen.

»Ein Nachtisch vielleich«, schlug die zierliche Wirtin vor. »Und ein Pflaumelikö?«

Wie sollte man da nein sagen. Etwas Süßes nach all den feuerscharfen Köstlichkeiten wäre jetzt das Richtige. »Und dann zeige ich euch eure Unterkunft!«, verkündete Georges, dessen Wangen rot leuchteten, was einen eigenwilligen Kontrast zu den glitzernden Applikationen in seinem Gesicht und der Blässe seines glattrasierten Schädels bildete.

Bezahlen schien man in dem Restaurant nicht zu müssen. Stattdessen bedankte sich die Bedienung überschwänglich und hoffte ausdrücklich, dass sie den Gästen beim nächsten Mal auch etwas von den schärferen Speisen servieren dürfe, für die das Phang Phang berühmt sei.

Der Weg zur Unterkunft war nicht weit: einmal über die Straße, durch einen unbeleuchteten Durchgang (der Schwester Lucie wirklich schaurig vorkam), dann über einen Innenhof, auf dem ein paar Jugendliche herumlungerten, die aussahen, als hätte man sie eben erst entlassen (von wo auch immer), und schließlich mit einem Aufzug in den zwanzigsten oder zweiundzwanzigsten Stock eines dieser Wohnsilos, die von innen noch martialischer aussahen als von außen. Was vor allem damit zusammenhing, dass es mehr Beleuchtung gab (die nicht funktionierte), einen Müllschlucker (der ebenfalls nicht funktionierte) und vermutlich ein soziales Miteinander, das schon gar nicht funktionierte. Und mit der Geräuschkulisse, die eher zu einer Geisterbahn gepasst hätte als zu einer menschlichen Behausung. Während sie durch die langen, dunklen Gänge schlichen, hörten sie Geschrei und Musik, Gestöhne und Fernsehen, es wurde gebohrt, gehämmert und gesägt. Babys schrien, Kinder kreischten, Mütter heulten – und die alten Damen aus der Provinz wurden immer stiller. Selbst Lou schien nach Wochen der Abwesenheit sehr besondere Sinne für die Eigenheiten dieses Ortes entwickelt zu haben. Jedenfalls schwieg auch sie und stellte erstaunt fest, wie anders diese Welt roch im Vergleich zu jener anderen.

»Voilà!« Georges zückte einen Schlüsselbund, der gut für den eines mittleren Gefängnisses hätte durchgehen können, und sperrte eine Tür auf, die aussah wie jede andere auf diesen endlosen düsteren Fluren. »Hereinspaziert!«

Die drei Schwestern fügten der Partitur dieses Hauses nun noch eine Chorlinie hinzu, indem sie sich zu allerlei »Ahs!« und »Ohs!« genötigt sahen. Denn was sich vor ihnen auftat, war mitnichten eine elende Absteige, wie man sie hinter all den Türen vermuten durfte, durch die der Sound prekären Lebens drang, sondern eine luxuriöse Designerwohnung mit edelster Ausstattung.

»Die Badezimmer sind hier und hier«, erklärte Georges, und Schwester Madeleine fragte lieber noch mal nach: »*Die* Badezimmer?«

»Ja, eines in der Richtung und eines gleich hier.« Er brauchte das Licht gar nicht anknipsen, weil es wie durch Zauberhand bereits leuchtete. Marmor, schoss es Schwester Madeleine durch den Kopf. Fußbodenheizung. Dusche auf Bodenebene. Verrückt.

»Leider gibt es nur zwei Schlafzimmer. Es sei denn, ihr nutzt die Bibliothek als Schlafzimmer. Dann müssten wir nur das Sofa rüberschieben. Also, *ich* müsste das Sofa rüberschieben. Aber das fehlt dann natürlich im Salon.«

»Im Salon«, echote Schwester Sophie und blickte halb amüsiert, halb ungläubig.

Georges durchschritt die Wohnung, öffnete eine Glastür: »Balkon.« Er drehte sich um und deutete zur Seite: »Küche und Esszimmer.«

»Sie sagten, es gibt eine Bibliothek?«, fragte Schwester Madeleine, während sich Schwester Lucie auf das Sofa fallen ließ und sich kaum Mühe gab, die Tränen zu verbergen.

»Komm mit, Schwester.« Georges ging voraus und die Nonne und Lou folgten ihm. Es war keine große Bibliothek, eher eine Art gemütliches Lesezimmer, das aber vom Boden bis zur Decke mit übervollen Buchregalen gesäumt war, deren rötliches Holz (vermutlich Nussbaum, dachte Schwester Madeleine) das Licht im Raum ganz reizend tönte. »Ich würde gerne hier schlafen.«

»Dann bringe ich dir das Sofa hier herüber, Schwester.«

»Danke, Bruder«, erwiderte die Nonne und zwinkerte Lou zu, die erleichtert lächelte.

Keine fünf Minuten später waren die Zimmer verteilt und die Bäder besetzt, während Lou und Georges sich auf den Weg nach unten machten, um das wenige Gepäck aus dem Auto zu holen.

»Nette Schwestern hast du da mitgebracht«, stellte Georges fest, während sie im Lift standen. »Bisschen schüchtern vielleicht.«

»Warte ab, bis du sie gehört hast.«

Nirgendwo konnte man die Annehmlichkeiten der modernen Zivilisation so genießen wie in einem modernen Wohnhaus. Wer auch immer der Besitzer dieser Wohnung war, er hatte offenbar keine Kosten und Mühen gescheut, aus einer Sozial- eine Luxuswohnung zu machen. Schwester Madeleine war sich zwar nicht sicher, ob sich das mit ihren Vorstellungen von einem gedeihlichen Miteinander in der Gesellschaft vertrug, aber sie kam nicht umhin festzustellen, dass sich zumindest die warme (und nicht enden wollende) Dusche ausgezeichnet mit ihren körperlichen Bedürfnissen nach einem langen Tag auf den Landstraßen Frankreichs (die Autobahn hatten sie mit dem altertümlichen Wagen nicht zu benutzen gewagt) vertrug. Als sie nach geraumer Zeit das Badezimmer verließ, empfand sie eine so tiefe Müdigkeit, dass sie im Bademantel und ohne Decke auf dem Sofa in der Bibliothek in den Schlaf der Gerechten sank.

Es war Schwester Lucie, die sie weckte – durch ihr Schnarchen. Im Nebenzimmer.

»Guten Morgen«, sagte Lou, die im Lesesessel saß und ihre Tante gehütet zu haben schien.

»Guten Morgen?«, rief Schwester Madeleine und fuhr erschrocken hoch. »Um Gottes Willen, wie lange habe ich denn geschlafen?«

»Kleiner Scherz. Höchstens ein Stündchen.« Lou klappte das Buch zu, in dem sie gelesen hatte: »Der gelüftete Vorhang« von Honoré-Gabriel Riquetti, Freunden der politischen Geschichte und der gepflegten Erotik – wenn auch der etwas altherrlichen – besser bekannt als Mirabeau. »Lang genug, um mich ein bisschen weiterzubilden.« Sie legte das Buch auf den Schreibtisch und stand auf. »Wenn wir heute noch ein wenig proben wollen, dann sollten wir uns langsam fertig machen.«

»Eine Probe … Ja. Natürlich.« Beschämt stellte Schwester Madeleine fest, dass sie den Zweck der Reise beinahe vergessen hatte. Dabei hatten sie tagelang darum gerungen. Es war ihnen beileibe nicht leichtgefallen, ihr kleines Paradies im Burgund zu verlassen und noch einmal (sie wussten es alle: ein letztes Mal) auf Reisen zu gehen. Denn je älter man wird, umso beschwerlicher ist nicht nur das Reisen, es ist auch zunehmend gefährlich. Man läuft Gefahr, fern von zu Hause krank zu werden, ja gar zu sterben oder – schlimmer noch – sich Gott nicht mit der nötigen Hingabe empfehlen zu können. Doch ans Sterben wollten sie nicht denken, wozu auch, es kam, wenn es kommen musste. An die Mühen zu denken, schickte sich nicht für eine Nonne, die ihr Leben dem Gebet und der Arbeit gewidmet hatte. Und so waren sie sich schließlich einig gewesen: Sie würden Lou den Gefallen tun und ihre Heimatgemeinde mit einem kleinen Konzert für einen guten Zweck zu unterstützen – Lou war allerdings beim besten Willen nicht zu entlocken gewesen, zu welchem.

Nun also waren sie hier. In Grigny. Einem der scheußlichsten Flecken, die die Menschen auf dieser wundervollen Erde verbrochen hatten. Es war eine Schmähung der Schöpfung, selbst wenn Pfarrer Georges das gar nicht wahrzunehmen schien. Im Gegenteil: Er strahlte ununterbrochen und bejubelte alles, was ihm vor die stahlgeschmückten Augen kam. Zum Beispiel Lous nietenbesetzte Sneakers: »Wenn Soph die sieht, will sie die gleichen!«

»Soph?«, fragte Schwester Madeleine.

»Seine Tochter«, erklärte Lou.

»Sie haben eine Tochter?«

»Eine?« Georges schien ernsthaft erstaunt. »Vier! Eine schöner als die andere.« Und er schien ernsthaft stolz auf seine Abkömmlinge.

»Und alle schlauer als ihr Vater«, ergänzte Lou dreist, was den Pfarrer zu schallendem Gelächter animierte. »Kommt, wir sehen uns mal die Bühne an.«

»Er hat vier Töchter?«, raunte Schwester Lucie in Lous Rücken.

»In Kampala haben das alle Priester«, warf Schwester Madeleine scheinbar lässig ein. Dennoch hatte Lou das Gefühl, als wären ihr bei der Erwähnung der Kinder des Herrn Pfarrer für einen winzigen Augenblick die Gesichtszüge entglitten.

»Und wie viele Söhne hat er?«, wollte Schwester Lucie wissen.

»Söhne? Bof, das hat leider noch nicht geklappt.«

»Interessanter Mann, dieser Georges«, stellte Schwester Sophie fest und gab den Rädern ihres Rollstuhls einen kräftigen Schub, sodass sie durch den gesamten Kirchenraum rollte und vor der Empore zum Altar zum Stehen kam.

»In der Tat«, sagte Schwester Madeleine mit einer gewissen Süffisanz und folgte ihr.

»Und das ist eine katholische Kirche?«, fragte Schwester Lucie, doch da war schon niemand mehr bei ihr, um zu antworten.

Die technischen Voraussetzungen waren verblüffend: Die Kirche besaß eine Soundanlage, mit der man das Stade de France hätte beschallen können. Die Dosen für Mikrophone und Instrumente waren im Boden versenkt, sodass es keinen Kabelsalat brauchte, um die Geräte anzuschließen. Okay, die Lautsprecher hatten nicht die ganz große Power, aber erstens waren das die drei Nonnen ohnehin nicht gewöhnt, zweitens hatte Schwester Madeleine ihre Verstärkeranlage dabei. Für Schwester Sophie gab es eine Rampe, die offenbar eigens geschaffen worden war, indem man zwei Baustellenbretter über die Stufen gelegt hatte. Aber sie erfüllte ihren Zweck, und Schwester Sophie war dankbar, dass man an sie gedacht hatte.

»Mit wie vielen Gläubigen rechnen Sie denn?«, fragte Schwester Madeleine den Pfarrer, der ihnen alles erklärte und vorführte.

»Gläubigen?«

»Besuchern. Des Gottesdienstes.«

»Des Gottesdienstes?«

»Wir schätzen, dass so ungefähr hundert Besucher kommen werden, nicht wahr, Georges?«, sagte Lou, die hinter ihre Tante getreten war.

»Ja, könnte hinkommen«, stimmte Georges zu und ließ den Blick über die Stuhlreihen schweifen. »Ich hab jetzt mal für zweihundert bestuhlt. Man weiß ja nie.«

»Bestuhlt«, murmelte die Nonne. »Zweihundert? Ist das die übliche Zahl in Ihren Gottesdiensten?«

»Ach, in den Gottesdiensten …« Der Pfarrer hob die Arme in einer lässigen Geste. »Das ist sehr unterschiedlich. Aber wir sind eigentlich ganz zufrieden.«

Schwester Madeleine nickte. Man kannte das ja: In den großen Städten ging heute kaum noch jemand in die Kirche, schon gar nicht zu normalen Gottesdiensten. Die Leute kamen an Weihnachten zur Christmette, vielleicht auch an Ostern und zu Hochzeiten. Aber die feierten sie letztlich doch nur noch in der Kirche, weil man sich hübsch herausputzen konnte und eine großartige Kulisse hatte. Obwohl ... Sie sah sich um. Gewiss, sie hatten es sich nett gemacht hier drin. Aber ein Hochzeitsfoto vor der Kirchenpforte, wie man das so machte, war angesichts der Abscheulichkeit des Bauwerks eher ausgeschlossen. »Dann holen wir mal die Instrumente. Lou, hilfst du mir?«

Auch Georges packte mit an. Schwester Sophie hatte zwar ein Keyboard mit dabei, doch sie stellte schnell fest, dass das Klavier neben dem Tabernakel eigentlich kaum zu toppen war. Satter Ton, gut gestimmt, von der Akustik her ideal platziert: »Lasst das Keyboard im Wagen!«, rief sie den anderen hinterher. »Der Kasten hier ist prima.«

Als der Pfarrer mit Lou und den beiden anderen alten Damen wieder zurückkam, hämmerte Schwester Sophie gerade ein Stück von Jerry Lee Lewis in die Tastatur, und der Messdiener – ein schlaksiger junger Mann aus Eritrea – warf die Beine unter seinem Talar, während er die abgebrannten Kerzen aus dem Opferaltar schnipste und dann vom Boden einsammelte.

»Bin gespannt, wie es klingt, wenn die Kirche voll ist«, sagte Lou.

»Naja, *wenn* sie voll wird«, gab Schwester Madeleine zu bedenken, die zunehmend das Gefühl hatte, nicht alles zu durchblicken, was hier geschah. Wie wenig sie dieses Gefühl trog, das überraschte sie dann aber am Ende doch.

Als die drei alten Damen an diesem Abend – es war spät geworden, man hatte die Zeit für die Andacht verpasst, an eine Lesung war gar nicht zu denken gewesen, außerdem hatte man dem Georgier noch einen Besuch abstatten und sich einmal durch seine ganze Speisekarte essen müssen, natürlich abermals, ohne einen Cent zu bezahlen – als sie also an diesem Abend wieder in die Wohnung kamen, waren sie so erschöpft, dass selbst die luxuriösen Badezimmer ihren Zauber verloren hatten. Nach einem kurzen, aber inbrünstigen gemeinsamen Nachtgebet begaben sich die Nonnen zu Bett, wo sie all die widersprüchlichen Eindrücke dieses Tages mit in den Schlaf nahmen und zu den seltsamsten Träumen verarbeiteten. Für Lou freilich brach in Grigny wieder eine Zeit an, in der sie einen normalen Tagesablauf pflegen konnte: Nachdem sie die alten Damen in der Wohnung (es war übrigens eine Zweitwohnung ihres Freundes Ali) abgeliefert hatte, schnappte sie sich ihren kleinen schwarzen Rucksack mit den Totenkopfbuttons aus dem Bandbus und besuchte zuerst einmal Mira, bei der sie ihr Zeug untergebracht hatte.

»Lou?« Die junge Frau rieb sich die Augen.

»Sorry. Hab ich dich aufgeweckt?«

»Schon okay. Ich muss sowieso bald los.« Mira arbeitete in einem Club. Offiziell als Bedienung. Aber mitunter bediente sie die Kunden auch anders als à la carte. »Ich hab nicht mit dir gerechnet.«

»War auch nicht so geplant«, erklärte Lou.

»Willst du deine Sachen holen? Wo wohnst du denn jetzt?«

»Hab noch nichts Neues.«

»Kannst bei mir pennen, wenn es dich nicht stört, dass ich … du weißt schon.«

Lou hob den Daumen. »Alles gut. Das passt. Ich hab ein paar Freundinnen bei Ali untergebracht. Wär aber cool, wenn ich bei dir bleiben könnte. Ist nur für einige Tage.«

»Klar.« Mira zog Lou in die Wohnung und schob sie in die Küche. »Ein paar Freundinnen? Na, vielleicht ist ja was für Ali dabei.«

Die beiden jungen Frauen lachten.

»Eher nicht«, erklärte Lou. »Nicht mal, wenn er nicht schwul wäre.«

»Okaaaay …« Mira machte Mokka. Hatte sie mal von einem jemenitischen Freund gelernt. »Weil sie alle Lesben sind oder was?«

Lou zuckte die Achseln. »Keine Ahnung. Aber sie sind alle über siebzig. Mindestens.«

»Deine Freundinnen? Hab ich was verpasst? Wieso hast du lauter Omis als Freundinnen?«

»Hm. Komplizierte Geschichte. Aber du kannst sie gern kennenlernen.«

»Kennenlernen. Ich. Die Omis.« Miras Schlaf war endgültig verflogen, und es war mehr als deutlich, dass sie zweifelte, ob Lou ganz nüchtern war. Wie zum Beweis für das Gegenteil, zückte Lou ein Päckchen Tabak und ein zweites Tütchen mit grau-braunen Krümeln. »Du auch einen?«

»Mach mal. Dann bin ich wenigstens nicht die Einzige hier, die noch gerade denken kann.« Sie stellte den Kaffee hin. »Milch?« Lou schüttelte den Kopf.

»Sie spielen morgen Vormittag drüben bei Georges.«

»Georges? Georges Duvignac?«

»Yep. In der Kirche.«

»Und was spielen sie da?«

»Musik. Echt. Ich kann's dir nicht sagen. Mal denk ich, sie spielen Soul, dann kommen sie und spielen Grunge.«

»Grunge. Drei Omis.«

»Bingo.«

»Irre.«

Schweigend nippten die beiden an ihren Mokkas, rauchten die frisch gedrehten Kippen mit Zutaten aus einem burgundischen Klostergarten und hingen ihren Gedanken nach.

»Couch?«, fragte Lou schließlich.

»Klar. Außer du willst zu mir ins Bett.«

»Couch ist gut.«

»Alles klar.«

ERSCHÜTTERNDES

Es waren weniger Menschen in die Kirche gekommen als erwartet. Zumindest von den drei Nonnen. Der Pfarrer schien zufrieden, und Lou strahlte bei jedem Neuankömmling. Auch schien sie jeden persönlich zu kennen, wie ihre Tante mit Verwunderung feststellte, als sie mal wieder den Kopf aus der Sakristei steckte und in den Kirchenraum blickte. Optisch entsprach die Mischung der Besucher vermutlich in etwa dem, was in dieser Vorstadt üblich war: ein bisschen Weiß, ein bisschen Schwarz, viel Karamell. Erstaunlich war, dass überwiegend Männer kamen. Vorne in der Mitte hatte einer Platz genommen, den man sich gut in einem Musikvideo auf einem dieser Fernsehkanäle hätte vorstellen können, mit Autos und Frauen, die allesamt mit den Hintern wackelten. Goldkette, Goldzähne, goldene Armbanduhr, Oberarme wie ein Gladiator. Oder wie Pfarrer Georges. Daneben setzte sich ein Typ, der aussah wie ein Dandy. Vermutlich weil er einer war. Weißer Anzug (die anderen waren fast alle in Schwarz gekleidet), Hut (den er in der Kirche aufbehielt!), rot-gelb karierte Socken …

»Habt ihr mal gesehen, für wen wir da spielen?«, fragte Schwester Madeleine einigermaßen schockiert.

»Und?«, erwiderte Schwester Sophie. »Die würden wir sonst nie erreichen, oder?«

Da war etwas Wahres dran. Schwester Madeleine seufzte und trat nach draußen. Sie wollte noch einmal sichergehen, dass alles laufen würde wie besprochen. »Lou?« Ihre Nichte hatte gerade eine spärlich bekleidete junge Frau begrüßt.

»Oh, Tante Madeleine! Darf ich dir meine Freundin Mira vorstellen? Sie ist direkt von der Arbeit hierhergekommen. Ist das nicht nett?«

»Wirklich«, sagte die Nonne. »Und Sie haben sich sogar noch umgezogen!«

»Umgezogen? Nein. Das ist meine Arbeitskleidung.«

»Ah ja.« Zu einer substanzielleren Erwiderung war die alte Dame nicht in der Lage. Sie mochte ja in Lateinamerika und in Schwarzafrika und an anderen Orten der Welt manches erlebt haben, aber Grigny war dann doch eine Herausforderung ganz eigener Art.

»Ich wollte dich fragen«, wandte sie sich erneut an Lou, »ob wir bei unserem Programm bleiben sollen.«

»Warum nicht, Tante?«

»Nun, ähm, weil vielleicht das Publikum … nun ja, weil es … ein anderes ist? Als gedacht, meine ich.«

»Ein anderes? Überhaupt nicht. Es sind alle gekommen, auch die ich … auf die wir gehofft haben. Ihr spielt einfach eure Sachen. Alles wie geplant. Keine Sorge.« Mit diesen Worten schwirrte sie ab, um ein paar Frauen in winzigen, grellbunt gemusterten Kleidern zu begrüßen (Dina, Lizzy und Jo) und ihre kunstvoll gestalteten Haartürme zu bewundern, während Mira stöhnte: »Sorry, wenn ich mich hinsetze. Aber meine Schuhe bringen mich um.«

Konnte man sich vorstellen. Die Absätze waren ungefähr so hoch wie anderer Leute Unterschenkel.

»Setzen Sie sich, meine Gute«, sagte Schwester Madeleine. »Ruhen Sie sich aus. Sie haben sicher hart gearbeitet letzte Nacht.«

»O ja. Allerdings.«

Die alte Dame wollte lieber nicht wissen, was.

Und dann trat Georges ans Mikrophon und verkündete das große Ereignis: »Liebe Freunde! Wie schön, dass ihr alle den Weg in den Schoß der Kirche gefunden habt!« Er schien nur in Ausrufezeichen zu sprechen. »Heute ist ein ganz besonderer Tag! Die drei Schwestern des Klosters Notre-Dame-de-Bleaumont sind zu Besuch! Wer nicht weiß, wo das liegt: ganz in der Nähe von Collonges-lès-Bévy!« Einzelne Lacher. »Also bei Beaune.« Etwas mehr Lacher. »In der Nähe von Dijon.« Auch Georges schmunzelte, zeigte seine goldenen Zähne und hob die Hände. »Sagen wir, aus einem Vorort von einem Vorort von einem Vorort von Grigny. Jedenfalls ungefähr.« Einige klatschten, Schwester Madeleine überlegte kurz, ob sie gekränkt sein sollte, stellte dann aber mit einem Blick auf ihre Mitschwestern fest, dass sich beide amüsierten: Lucie grinste in ihrer Begeisterung für den Pfarrer, Sophie lächelte süffisant. Nun gut. »Es ist kein Wunder, dass aus einer so wundervollen Gegend so wundervolle Frauen kommen wie die, die wir gleich erleben werden. Ein Wunder, dass sie uns die Ehre erweisen! Liebe Brüder und Schwestern, begrüßt mit mir die großartigen, die fabelhaften, die unvergleichlichen Bleues de Bleaumont!«

Applaus begleitete die drei Nonnen auf die Bühne. Schwester Lucy trat ans Mikrophon und nahm es aus dem Ständer, Schwester Madeleine streifte sich den Gurt ihrer Bassgitarre über und spielte ein Riff, Schwester Sophie zählte im Hintergrund: »Un, deux, trois, quatre.« Und ließ ihre Finger mit Inbrunst in die Tasten tauchen.

Sie hatten sich dafür entschieden, erst einmal mit einem Klassiker zu beginnen. Dass aber das Auditorium bei »O Happy Day« lediglich gepflegt mit den Füßen wippen würde, damit hatten sie nicht gerechnet. Immerhin: Bei Janis Joplins »Oh Lord, won't you buy me« konnten Madeleine und ihre Mitschwestern beobachten, wie die Augenbraue des Dandys hochwanderte und sich die Miene des mutmaßlichen Knastbruders neben ihm aufhellte. Anerkennender Applaus. Nun ja. Lou flüsterte Schwester Sophie etwas zu. Die schien Lucie ein Zeichen zu geben. Augenblicke später tobte der Saal:

»Know it sounds funny but I just can't stand the pain!«, röhrte Schwester Lucie. »Girl, I'm leavin' you tomorrow!«

Der Refrain war beim ersten Mal schon mehrstimmig. Der Chor erst recht, zumal dessen Text relativ leicht zu merken war: »Ah-ah-ah-ahhh.« Schwester Madeleine liebte die Bass-läufe dieses Songs, er war für Bass gemacht! Und für eine starke Soulstimme wie die von Schwester Lucie.

»That's why I'm easy! I'm easy like a Sunday morning.«

Ah-ah-ah-ahhh! Der Song war noch nicht ganz verklungen, da blickten sich die beiden Typen in der ersten Reihe an, nickten einander zu und standen wie auf Kommando auf. Sie kamen geradewegs auf die Bühne, gaben den Nonnen die Hand, klopften ihnen auf die Schultern und lösten damit wahren Jubel im restlichen Auditorium aus. Völlig perplex standen die alten Damen auf der Bühne. Da standen sie auch noch, als die beiden Männer und mit ihnen alle anderen Besucher die Kirche kurz darauf wieder verließen.

»Ähm. War's das?«, fragte Schwester Lucie ungläubig.

»Das war's!«, jubelte Lou und fiel dem Pfarrer um den Hals.

»Bravo, Mesdames!«, sagte Georges und ging nun ebenfalls von einer zur anderen, drückte den Schwestern die Hand und klopfte ihnen auf die Schulter. »Ihr habt wirklich einen guten Stand bei dem da oben.« Er deutete Richtung Kirchendach. »Heute Abend dann das richtige Konzert. Also, die Messe.« Er zwinkerte ihnen zu und verschwand in der Sakristei.

»Heute Abend noch mal? Und was war *das* jetzt?«, wollte Schwester Sophie wissen, die immer noch am Klavier saß und sich fragte, ob sie im falschen Film gelandet war.

»Das war das Casting.« Lou schob sich lässig einen Kaugummi in den Mund.

»Casting? Was heißt Casting?« Ihre Tante gab sich keine

Mühe, nicht verärgert zu klingen, auch wenn sie wusste, dass es eine Sünde war.

»Das heißt, dass ihr einen Vertrag bekommt.«

»Vertrag? Als was? Kirchenmusikerinnen?« Es sollte sarkastisch klingen. Aber noch während sie es aussprach, fürchtete Schwester Madeleine, es könnte am Ende wahr sein.

»Nein, natürlich nicht als Kirchenmusikerinnen«, sagte Lou, und alle atmeten hörbar aus. »Einen Tourneevertrag.« Worauf alle hörbar einatmeten.

Erst jetzt machte sich Mira bemerkbar, die etwas abseits gestanden und gewartet hatte. »Wollen wir alle zu mir in den Club gehen? Ich finde, das muss gefeiert werden!«

»Gute Idee«, sagte Lou und zückte ihr Smartphone. »Ich gebe Ali Bescheid. Er soll die Verträge mitbringen. Dann können wir gleich darauf anstoßen.«

»Soll ich Dina, Lizzy und Jo fragen, ob sie kommen können?«

»Unbedingt!«, rief Lou, doch als ihr Blick die drei Schwestern streifte, ruderte sie zurück. »Oder lass mal. Besser nicht heute.« Wer wusste schon, ob die alten Damen Go-go-Tänzerinnen schätzten.

Man konnte nicht wirklich sagen, dass den Schwestern der junge Mann im weißen Anzug sympathisch gewesen wäre. Er schien seinen Hut niemals abzunehmen.

Was der eine zu viel auf dem Kopf trug, trug der andere zu wenig: Die Glatze des Gladiators glänzte, als hätte er sie mit Öl eingerieben (was er womöglich getan hatte). An jedem seiner Finger steckten Ringe, die einem Papst zur Ehre gereicht hätten, und Schwester Sophie ertappte sich bei dem Gedanken, dass so ein Typ in so einer Gegend sich vielleicht wie die Kirchenoberen die Hände küssen ließ, nur dass es in seinem Fall nicht die Gläubigen waren, sondern die Furchtsamen, die ihre Lippen auf seine Ringe drückten. Wie um sie Lügen zu strafen, stand der Gladiator auf und nahm einer Frau, die eben zur Tür hereinkam, ein winziges Bündel ab, um es liebevoll auf den Arm zu nehmen: einen Säugling, kaum größer als seine Pranke, eingewickelt in eine Blümchendecke. »Das ist Ninette«, erklärte er und hielt sie den drei alten Damen stolz hin. »Unser erstes Kind. Sie ist jetzt drei Wochen alt.«

Er entpuppte sich als der liebevollste Vater, den man sich vorstellen konnte. Der Dandy hingegen ließ offenbar gern die Puppen tanzen. »Also, ich habe den Vertrag vorbereitet«, sagte er und sah von einer zur anderen, zuletzt zu Lou. »Standard. Keine Extras. Gültig für drei Monate. Wenn ihr bis dahin die Säle vollbekommt, verlängern wir um jeweils ein Jahr.«

»Säle?«, wagte Schwester Madeleine zu fragen. »Welche Säle?«

»Wir fangen erst mal klein an. Paar hundert Plätze, nichts Riskantes. Alles unter fünfhundert geht ohne Risiko. Darüber gehen wir erst, wenn ihr ein bisschen bekannter seid.« Er zögerte, nippte an seinem Wasser und zuckte die Achseln. »Wenn euch *überhaupt* mal jemand kennt.«

»Und wer sollte das sein?«, wollte Schwester Lucie wissen.

»Das Publikum, meine Liebe«, erklärte Schwester Madeleine. »Wenn ich es richtig verstehe, ist der Herr so etwas wie ein Manager, der jetzt auch uns managen möchte.«

»Wirklich? Wen managert er denn sonst?«

»Gute Frage«, sagte Schwester Madeleine und blickte den Dandy herausfordernd an.

»Les Concordes«, sagte der junge Mann mit einer Stimme, als müsste man wissen, wer um alles in der Welt das sei.

»Touché. Next Whaaam. PicNick.«

»Picknick?« Schwester Lucie musste grinsen.

»Die Zahnlücke muss natürlich weg«, sagte der Dandy trocken. »Das geht ja gar nicht.«

»Warum, Bruder?«, schaltete sich der Gladiator ein. »Ich finde, die sieht geil aus.«

»Die Zahnlücke? Ist nicht dein Ernst, oder?«

»Wieso? Mein Cousin hat sich so eine machen lassen!«

»Das behauptet er nur. Klingt eben besser, als zuzugeben, dass ihm einer aufs Maul gehauen hat.« Er beäugte Schwester Lucie mit wackelndem Kopf, um schließlich nachzugeben. »Von mir aus. Soll sie sie behalten.«

»Zu freundlich«, stellte die Nonne fest und presste die Lippen aufeinander. Es war nicht so, dass sie ein Opfer der Eitelkeit gewesen wäre. Und eigentlich störte sie die Zahnlücke nicht, wenn sie nicht gerade zähes Fleisch oder Nüsse kauen musste. Aber jetzt, da über sie verhandelt wurde wie auf dem Pferdemarkt, empfand sie diesen winzigen Schönheitsfehler mit einem Mal als Makel, ja als Schatten auf ihrer Persönlichkeit. »Also ich habe mich vom ersten Moment an in diese Zahnlücke verliebt!«, sagte Lou wie aus dem Nichts und legte der Schwester einen Arm um die Schultern. »Ich finde, das ist etwas Besonderes. Das zeugt von Charakter. Und es sieht auch süß aus.« Die anderen nickten.

»Habt ihr denn einen Namen?«, wollte der Dandy wissen.

»Einen Bandnamen?« Schwester Madeleine hatte sich inzwischen damit angefreundet. Irgendwie war das doch eine nette Sache, so ein gemeinsamer Name, wenn man davon absah, dass sie natürlich alle Mitglieder ihres Ordens waren und schon von daher unter einer gemeinsamen Bezeichnung firmierten. »Les Bleues de Bleaumont«, sagte sie nicht ganz ohne Stolz, wie sie erschrocken feststellte – denn Stolz war nun mal eine Todsünde.

»Les Bleues de was? Kennt ein Mensch Bleaumont? War da mal jemand? Und warum Bleues? Was ist an euch blau?«

»Unser Bandwagen«, erklärte Schwester Sophie. »Ein Renault ...«

»Ein Citroën«, korrigierte Lou. »Typ H.«

»Typ H.« Der Dandy kratzte sich am Hinterkopf. »Kenne ich überhaupt nicht. Ist der so neu?«

»Eher so alt.« Lou zuckte entschuldigend mit den Achseln.

»Les Bleues. Weil ihr einen blauen Bandbus fahrt, ja? Und nehmt ihr den dann mit auf die Bühne, damit das irgendwie klar wird?« Er schüttelte den Kopf, winkte nach einem neuen Glas Wasser, obwohl er das alte gar nicht ausgetrunken hatte, sah die drei Nonnen unverwandt an, dann den Gladiator, seine Frau, Lous Freundin Mira, Lou selbst und schließlich die drei Go-go-Tänzerinnen, die in diesem Moment durch die Tür kamen. »Machen wir anders«, sagte er dann. »Ihr heißt ab sofort ... Der göttliche Harem.«

»Der göttliche ... was?«

»Seid ihr Bräute Christi?«

»Das schon«, stotterte Schwester Lucie.

»Na also. Und ihr seid gleich mehrere. Weltweit wahrscheinlich sogar ein paar tausend!«

»Millionen!«, stellte Schwester Madeleine klar.

»Millionen!«, rief der Dandy. »Wow. Der Typ hat Glück, oder?«

»Wer hat Glück?«

»Na, Jesus. *Ein* Mann – und Millionen Bräute.«

Allgemeine Heiterkeit breitete sich in dem Club aus. Irgendjemand legte Musik auf. Schwester Madeleine wäre es ja lieb gewesen, man hätte mal ein Fenster geöffnet. Aber die Räumlichkeiten lagen im Keller einer dieser Flachbauten, die man zwischen die Hochhäuser gesetzt hatte. Eigentlich wäre um die Uhrzeit geschlossen gewesen. Es hingen noch der Qualm der vergangenen Nacht in der Luft, der Geruch von Schweiß und Parfüms, von Alkohol und einigen Substanzen, die zweifellos nicht ganz erlaubt waren.

»Wenn wir das unterschreiben«, sagte Schwester Madeleine und deutete auf den Vertrag, »was wird uns das bringen?«

In dem Moment legte der Dandy völlig überraschend den Hut ab, faltete die Hände und lächelte die Nonnen so freundlich an, dass ihnen buchstäblich jeder Wille zum Widerstand abhandenkam. »Wenn ihr das unterschreibt, dann bringt euch das eine Menge Geld. Denn Thierry hier«, er legte den Arm um den Gladiator, dessen Baby zeitgleich das winzige Stimmchen erhob, »und ich, wir sind die beiden erfolgreichsten Produzenten, die es in den letzten zehn Jahren in Paris gegeben hat. Und wir haben viel mit euch vor.«

Der Gladiator nickte. »Ali hat recht. Mit ein bisschen Glück, machen wir eine große Nummer aus euch.«

»Ali?«, fragte Schwester Madeleine, der etwas Ungeheuerliches dämmerte.

»So ist es, Schwester. Alphonse-Antoine de la Franc-Pe-roche. Genannt Ali.«

Der Mann, in dessen Zweitwohnung die drei alten Damen residierten!

Ein Spaziergang durch Grigny lohnt sich, zumal wenn man vom Lande stammt und mit der Lebensart notorischer Städter nicht sehr vertraut ist. Erstaunt stellten die drei Nonnen fest, dass es in diesen Straßen viel Leben gab: Die Bewohner zogen sich nicht in die riesenhaften Betontürme zurück, sondern verbrachten offenbar viel Zeit im Freien, wenn auch an erstaunlichen Orten. Während die wenigen Parkbänke und Spielplätze verwaist waren, hatten sich Grüppchen von jungen Menschen in schattigen Winkeln gesammelt, wo sie, rauchend und aus Dosen trinkend, unter sich blieben. Auf den verdorrten Grünstreifen vor Hauseingängen oder neben Müllhäuschen standen Frauen beisammen, von kleinen Kindern umwuselt, lachend und in nie gehörten Sprachen palavernd. Vor den Lokalen, die bereits geöffnet hatten, saßen ein paar Männer in langen weißen Gewändern, Wasserpfeife rauchend, und folgten den Besucherinnen aus Bleaumont mit den Augen. »Ein sympathisches Völkchen ist das hier«, stellte Schwester Lucie fest, die von den dreien am wenigsten in der Welt herumgekommen war.

»Eher viele Völkchen«, erwiderte Schwester Sophie.

Immer wieder wurden sie von Unbekannten gegrüßt, das waren sie aus Bleaumont nicht gewöhnt – einfach, weil es dort seit Jahrzehnten niemanden gab, der sie nicht gekannt hätte. Ein paarmal bekreuzigte sich jemand und nickte ihnen dankend zu, als wandelten sie als leibhaftige Glücksbringer durch die Banlieue. »Doch«, gab Schwester Madeleine zu. »Ich finde sie auch überraschend nett.«

Überraschend vielleicht deshalb, weil die Nonne mehr Gottlosigkeit an einem Ort erwartet hätte, an dem, wie jeder weiß, die Grenze zwischen Teilnahme am sozialen Leben und schwerer Kriminalität vage ist. Doch das war ein Missverständnis, wie sie sich eingestehen musste. Die Menschen hier glaubten an Gott, sie beteten zu ihm und hofften auf seine Hilfe. Und es war ja auch eindeutig, dass sie dieser Hilfe dringender bedurften als etwa die frommen Einwohner von Bleaumont, wo seit je eine gewisse Harmonie herrschte, wo man zwar auch ärmlich lebte, aber doch nie in Not, wo schlicht gesagt die Welt noch in Ordnung war.

»Wollen wir einen Kaffee trinken?«, schlug Schwester Lucie vor.

»Hier?«

»Ich würde gern mal so eine Wasserpfeife ausprobieren.«

Die Mitschwestern blickten sie überrascht an, wollten ihr den Wunsch aber nicht abschlagen. Also setzten sie sich zu einigen arabisch aussehenden Männern vor das Café Ibrahim, in dessen Fenstern für die Konzerte einer ebenso üppig beleibten wie üppig geschminkten Sängerin (Leila La Leila) geworben wurde, die allerdings schon vor Monaten stattgefunden hatten. »Sie scheint dem Wirt zu gefallen«, stellte Schwester Sophie fest, womöglich ohne ihre eigene Ähnlichkeit mit Leila La Leila zu bemerken (der ungeschminkten natürlich).

»Oder den Gästen«, sagte Schwester Madeleine.

»Vermutlich allen. Sie ist ja auch eine schöne Frau«, gab Schwester Lucie zu bedenken.

Sie bestellten eine große Kanne Mokka und eine Shisha und warteten. Die Männer am Nebentisch lächelten ihnen zu. Einer von ihnen hatte beinahe die gleiche Zahnlücke wie Schwester Lucie. Er hielt ihnen einen Teller mit Datteln hinüber, und jede der drei Nonnen nahm zuerst höflichkeitshalber eine – und dann noch eine, weil sie so köstlich schmeckten.

»Salam!«, grüßte der Wirt, der den Kaffee persönlich servierte. »Willkommen bei Ibrahim.«

»Bonjour, Monsieur«, sagten Schwester Lucie und Schwester Sophie wie aus einem Mund, während Schwester Madeleine ein »Salam« erwiderte und ein anerkennendes Nicken des Wirtes erntete. »Sie sind neu in Grigny?«

»Wir sind nur zu Gast.«

»Ah oui. Schön, dass Sie Ihren Kaffee bei mir trinken.«

»Unsere Mitschwester wollte einmal eine Wasserpfeife ausprobieren«, erklärte Schwester Madeleine.

»Eine gute Idee! Die Shisha ist eine wunderbare Entspannung. Menschen kommen zusammen und philosophieren. Sie tauschen sich aus und verbringen Zeit miteinander. Voilà, sie ist die perfekte Friedenspfeife.«

Schwester Madeleine lachte. »Da haben Sie recht, Monsieur.«

Der Wirt hob spitzbübisch einen Zeigefinger. »Für Sie habe ich einen ganz besonderen Tabak! Leicht, aber sehr aromatisch. Sie werden ihn mögen.«

Sie mochten ihn. Das heißt: Schwester Lucie mochte ihn und war schon nach wenigen Zügen leicht euphorisiert, und Schwester Madeleine mochte ihn. Schwester Sophie konnte mit Tabak nichts anfangen, egal in welcher Form. Aber sie nahm dennoch aus Höflichkeit ab und zu einen Zug, vielleicht auch, um zu verstehen, was die anderen daran fanden.

»Und was führt Sie nach Grigny?«, wollte Ibrahim wissen.

Meine Nichte Louise, wäre eine mögliche Antwort gewesen. »Wir haben ein paar Auftritte«, preschte Schwester Lucie indes vor.

»Auftritte?« Die Männer am Nebentisch schienen aufzuhorchen.

Schwester Lucie nahm einen tiefen Zug, spürte, wie sich eine eigentümliche Leichtigkeit in ihrem Gehirn ausbreitete, eine Art Schwindel, wie sie ihn bisher nicht gekannt hatte. »Wir sind der …«

»Die Bleues de Bleaumont«, fiel ihr Schwester Madeleine ins Wort, der es mehr als unpassend vorkam, unter lauter Männern offensichtlich arabischer Herkunft, mit dem Begriff Harem um sich zu werfen. Und in der Tat schlugen sowohl Schwester Sophie als auch Schwester Lucie, die mit einem Mal ernüchtert wirkte, die Augen nieder. »Wir machen ein bisschen Musik. Zum Beispiel heute Abend. In der Kirche Notre-Dame.«

Die Männer nickten anerkennend. Nun gut, sie würden sicher nicht in die Kirche kommen.

Egal, wie nah man Gott steht, man kann sich immer täuschen. Zum Beispiel in den Männern aus dem Ibrahim. Die nämlich saßen als Erste in der Kirche und ließen ihre Gebetsketten durch die Finger gleiten. Und nicht nur sie kamen, sondern noch an die vierhundert weitere Besucher! Am Ende mussten noch Stühle herbeigeschafft werden: aus dem Pfarramt, dem Phang Phang, der Billardhalle (die an diesem Tag ge-schlossen hatte) und dem Jugendzentrum (das ohnehin stets um 19 Uhr schloss, also wenn die meisten Jugendlichen beim Frühstück saßen).

Es war der erste einer langen Reihe von bejubelten Auf-tritten der neuen Combo, die sich auch ein paar langsame Stücke erlaubte, nach vier Zugaben endlich von der Bühne abging und dann nochmals für zwei weitere Zugaben raus musste. Die Shisha hatte Schwester Lucies Stimme noch ein wenig rauer werden lassen.

Womit sie alle nicht gerechnet hatten war, dass schräg hin-ter ihnen drei weitere Mikrophone aufgebaut waren.

»Für den Chor«, erklärte Ali lässig.

»Chor?«

»Jede Band, die was auf sich hält, braucht bei Live Gigs einen Chor.«

»Live was?«

Der Chor war gut. Sehr gut sogar. Und er sah gut aus. Zu gut, genau genommen. Kein Wunder, die Damen wussten, wie man sich attraktiv anzog. Es waren Dina, Lizzy und Jo mit ihren engen bunten Kleidern und den irren Turmfri-suren: die Go-go-Tänzerinnen aus Alis Club.

Als die drei Nonnen nach diesem langen, harten Tag in die Wohnung kamen, stellten sie mehr oder weniger gleich-zeitig und gleichermaßen schockiert fest, dass sie abermals einen Tag ohne die klösterlichen Übungen, vor allem: ohne Gebet verbracht hatten. »So geht das nicht weiter«, knurr-te Schwester Sophie und rollte mit ihrem Rollstuhl hinüber in die Bibliothek, um nach wenigen Augenblicken wieder-zukommen: mit hochrotem Kopf und einer Miene, in der

Empörung und Verwirrung miteinander rangen. »Drei Kamasutras«, keuchte sie. »Den gesamten de Sade. Das Jin Ping Mei. D. H. Lawrence.« Sie holte tief Luft, was einer dramatischen Pause gleichkam: »Aber *keine* Bibel!«

»Überrascht dich das, Sophie?« Schwester Madeleine lächelte begütigend. »Keine Sorge, ich habe die Heilige Schrift natürlich mitgebracht.«

Ein Seufzen der Erleichterung entschlüpfte den beiden Mitschwestern. Wenig später schlug Schwester Lucie das Buch der Bücher auf und begann mit ihrer Lesung:

Freuet euch des HERRN, ihr Gerechten;
die Frommen sollen ihn recht preisen.
Danket dem HERRN mit Harfen;
lobsinget ihm zum Psalter von zehn Saiten!
Singet ihm ein neues Lied;
spielt schön auf den Saiten mit fröhlichem Schall!

Trost legte sich über die drei alten Damen. Trost darüber, dass sie säumig gewesen waren, Trost darüber, dass sie ihre Pflichten versäumt hatten. Trost auch, dass sie erschöpft waren, obwohl sie den Tag und die Musik und die Anerkennung so genossen hatten, dass sie Stolz empfanden, obwohl sie es nicht sollten.

Denn des HERRN Wort ist wahrhaftig,
und was er zusagt, das hält er gewiss.

ERFREULICHES

Die folgenden Tage waren von einer gewissen Muße geprägt, denn Ali und Thierry mussten die kommenden Auftritte zunächst einmal organisieren. Inzwischen kümmerte sich Lou um das, was sie PR nannte, also die Bestechung von Medienmenschen, damit sie sich für die drei Nonnen aus der Provinz interessierten. Es gab einen lokalen Fernsehsender, *TV 1 Grigny* (niemand vermochte übrigens die Frage zu beantworten, worauf die »1« im Namen hinweisen sollte, denn weder gab es einen zweiten lokalen Sender noch den Hauch einer Chance, dass jemals einer gegründet würde). In weiser Voraussicht hatte Lou eine Reporterin dieses Kanals zu dem Konzert am Sonntagabend eingeladen, sodass die junge Frau – sie schien gerade erst dem Schulalter entwachsen – immerhin schon wusste, was sie erwartete, als sie das vereinbarte Interview mit den alten Damen im Café Ibrahim machte. »Und wie lange existiert der Harem schon?«, fragte sie nach einigen freundlichen Eingangsfloskeln.

»Der Harem?« Schwester Madeleine hob eine Augenbraue. »Wenn Sie unser Kloster Notre-Dame-de-Bleaumont meinen, dann ungefähr dreihundertsiebzig Jahre. Wenn Sie unsere Hausmusik meinen …, also, dass wir zusammen musizieren … Nun, ursprünglich waren wir ja mal zu siebt. Es gab noch zwei Gitarren, eine Blockflöte und eine Geige.«

»Ach.«

»Aber dann … Nun ja …«

»Sind Ihnen ein paar Bandmitglieder abhandengekommen.«

»Kann man so sagen, ja.«

»Gibt es so was wie einen Kopf der Bande?«

»Bitte?«

»Einen Chef?«

»Gibt es«, antwortete Schwester Sophie. »Aber der bleibt im Hintergrund.« Und alle drei lächelten selig und dankten ihm im Geiste für seine Allgegenwart und Barmherzigkeit.

»Unsere Zuschauer würden natürlich gern eine kleine Kostprobe ihrer Musik hören.«

»Tja, also leider gibt es noch keine neuen Konzerttermine«, sagte Schwester Lucie und zeigte entschuldigend ihre Zahnlücke.

»Sie könnten ja ein paar Takte für die Kamera spielen.«

Was sie dann auch taten. In der Kirche Notre-Dame-de-Toute-Joie-à-Grigny, wo wie durch ein Wunder bereits alles parat stand. Zufall oder nicht, die Chorsängerinnen waren ebenfalls gerade da. Der Kameramann hielt zwar ein bisschen sehr lang auf Dina, Lizzy und Jo, aber schließlich machte er doch einen Schwenk auf die Schwestern, die sich Mühe gaben, »I believe I can fly« vor dem völlig leeren Kirchenraum mit dergleichen Inbrunst zum Besten zu geben wie vor Hunderten von Menschen.

»Finden Sie nicht, dass Sie eine für Nonnen sehr besondere Auswahl von Titeln treffen?«, wollte die junge Frau mit dem Mikrophon wissen.

»Wieso«, fragte Schwester Madeleine zurück. »Bach wird in den Kirchen oft genug gesungen. Und jedes Lied ist ein Lob Gottes.«

»Außerdem«, warf Schwester Sophie ein, »ist doch jeder Text Menschenwerk – und damit Gottes Werk! Wenn Sie ihn mit unseren Ohren hören, verstehen Sie ihn ganz anders.«

»Und nun werden Sie also auf Tournee gehen«, stellte die Journalistin fest.

»Auf Tournee? Na ja, falls es jemanden gibt, der uns hören will …«

»Wenn stimmt, was Ihre Pressefrau sagt, dann haben Sie in der nächsten Zeit eine Menge Auftritte. Nicht nur in Paris und Umgebung … Da kann man doch von Interesse sprechen. Und von einer Tournee«, lachte die junge Frau und nickte anerkennend.

»Ach«, sagte Schwester Sophie nur. »Tatsächlich.«

Und tatsächlich hatten die Produzenten alle Hebel in Bewegung gesetzt und ihre Kontakte genutzt. Was die drei Schwestern noch nicht wussten, stand bereits auf einem großen Plakat, das in diesen Minuten durch eine Druckerpresse im Industriegebiet von Grigny lief und auf dem die drei Nonnen abgebildet waren: Schwester Madeleine mit ihrem Bass, Schwester Sophie mit ihrem Klavier, Schwester Lucie mit ihrer Zahnlücke. Darüber in fetten Lettern der Schriftzug:

DER GÖTTLICHE HAREM
LIVE

»Zwanzig Euro nehmen wir für eine Karte?«, rief Schwester Sophie schockiert, als sich am nächsten Tag alle wieder in der Wohnung versammelt hatten und Ali das Plakat präsentierte. »Das ist ja Wucher.«

»Wie lange warst du schon nicht mehr auf einem Konzert, Sophie?«, fragte Ali, der sein Jackett ausgezogen und die Schuhe abgestreift hatte (was man ihm in seiner eigenen Wohnung kaum verbieten konnte), den Hut aber unverändert auf dem Kopf trug.

»Gott, ich war zuletzt … also das war in … in Beaune, ja, ein sehr schönes Konzert. Verdi. Das Requiem. In der Kirche …«

»Pah, Kirchenkonzerte gelten nicht«, warf der Produzent ein, »die orientieren sich nicht am Markt. Meistens sind sie nicht einmal kostendeckend.« So ähnlich wie unsere Klosterwirtschaft, dachte Schwester Sophie, sagte aber nichts. »Mit zwanzig Euro sind wir wirklich günstig. Sonst kommen die Leute nicht, weil sie denken, dass es nichts wert ist!«

»Na ja, wir haben zwar jetzt Plakate, aber da steht ja noch nicht einmal drauf, wo wir auftreten. Wenn wir überhaupt jemanden finden, der uns spielen lassen möchte«, stellte Schwester Madeleine klar, für die die Sache längst nicht ausgemacht war. Eine gesunde Portion Skepsis hatte noch niemandem geschadet. Sie jedenfalls hätte sich nicht drei alte Schachteln auf der Bühne angesehen, jedenfalls nicht für so viel Geld.

»Trotzdem«, erklärte auch Schwester Sophie, als hätte sie ihre Gedanken gelesen. »Zwanzig Euro …«

Ali winkte ab. »Die Stones nehmen hundert.«

»Die Rolling Stones?«

»Genau die.«

»Vertreten Sie die auch?«

Ali schüttelte den Kopf. »Man kann nicht alles machen. Ich konzentriere mich auf interessante Newcomer.«

Dass sie Newcomer waren, klang für alle drei seltsam,

wenn man bedachte, dass sie vermutlich sogar älter waren als die Stones – und das hieß einiges.

Immerhin sah das Plakat nach übereinstimmender Meinung aller – außer der Nonnen – großartig aus. Der Wecker im Schlafzimmer klingelte. Alle blickten fragend auf.

»Zeit für die Vesper«, erklärte Schwester Sophie. »Jemand, der mit uns gemeinsam Andacht halten möchte?«

Es wäre an dieser Stelle anzunehmen, dass sich die nicht-geistlichen Mitglieder der in der Wohnung versammelten Gemeinschaft einmütig verabschiedeten. Allein, ein Mitglied der Truppe nickte und sagte: »Gern. Danke.« Es war Lizzy, eines der Go-go-Girls, die den Chor bildeten. »Das wäre nett.«

Der Beitrag war viel länger geworden als erwartet. *TV 1 Grigny* berichtete beinahe eine halbe Stunde und zeigte den Gig in voller Länge!

»Yeah!«, rief Thierry, als das Stück zu Ende war. »Richtig gute Publicity!« Er klatschte sich mit Ali ab – mit den Schwestern klappte es irgendwie nicht.

Dafür klatschten Dutzende andere Leute, die unvermittelt in der Wohnung standen – irgendwer musste die Tür geöffnet haben.

»Wer sind diese Menschen?«, fragte Schwester Madeleine ihre Nichte flüsternd.

»Nachbarn«, sagte Lou. »Ein paar davon waren bei eurem Auftritt in der Kirche.«

»Ach.« So im Pulk waren sie jedenfalls nicht zu identifizieren. Außerdem waren Madeleine und ihre Mitschwestern beim Auftritt ohnehin viel zu aufgeregt gewesen, um auf die Gesichter der Besucher zu achten.

»Starker Gig«, sagte ein völlig unscheinbarer Mann, der mit einer Dose Bier in der Hand neben ihr auftauchte. »In der Kirche, meine ich.«

»Ähm. Danke. Ich freue mich, dass es Ihnen gefallen hat.«

»Dir.«

»Bitte?«

»Ich bin Yves. Ein Freund von Loulou. Da musst du nicht Sie sagen.«

»Ah.« Auf die Idee, dass er umgekehrt womöglich auch *Sie* hätte sagen können, schien er nicht zu kommen. »Und Sie machen …?«

»Hm?«

»Ich meine: Was tun Sie? Also zum Beispiel als Arbeit.« Die Schwester zögerte. »Falls Sie arbeiten.«

»Oh, ich bin ein Kollege von dir!«

»Ein Kollege? Sie meinen … du meinst, du bist auch ein Ordensbruder?« Wonach er absolut nicht aussah. Kein bisschen.

»Ein Ordensbruder?« Yves schien sich seit Jahren nicht mehr so gut amüsiert zu haben. »Nein, Schwesterherz, das bin ich nicht. Auch wenn ich mich nicht erinnern kann, wann ich das letzte Mal richtig guten Sex hatte.« Er zwinkerte ihr zu, und Schwester Madeleine wünschte sich nichts weniger als die spontane Abberufung ins Jenseits – wahlweise ihre oder seine. Leider wurde ihr der Wunsch nicht erfüllt. »Ich bin auch Musiker«, sagte Yves. »Bassist.«

»Ach.« Immerhin … ein Thema! »Und was spielen Sie … was spielst du so?«

»Eine Sandberg California.«

»Die mit fünf Saiten?«

»Schwester, du kennst dich aus.« Es hätte bei dem Kompliment bleiben können, doch leider sah Yves sich bemüßigt, die nächsten zehn Minuten über die Abalone-Dot-Griffbretteinlagen zu dozieren, über dem Humbucker-Tonabnehmer, das Parchment-Schlagbrett und die Feinheiten des Bassreglers, den ein Kumpel von ihm auch noch getuned hatte. Schwester Madeleine war höchst dankbar, als eine der Nachbarinnen (deren Stimme sie von dem rhythmischen Stöhnen her zu kennen glaubte, das täglich mehrfach durch die Wände drang) mit einem Korb voller Bierdosen vorbeikam und ihr eine anbot. »Gern!«, rief sie, obwohl sie mit Bier nicht allzu viel anfangen konnte. »Würden Sie mit mir anstoßen?« Und sie wandte sich der überrumpelten, aber entzückenden Nachbarin zu (und von Yves ab, der eigentlich gerade die Vorzüge einer vernickelten »aged« Hardware zu preisen begonnen, jetzt aber in Schwester Lucie ein neues Opfer gefunden hatte).

Zu Schwester Madeleines Erstaunen schien es in diesem vermeintlich so anonymen Hochhaus doch so etwas wie eine Gemeinschaft zu geben, ein Miteinander dieser so unterschiedlichen Menschen, die – zumindest jene, die vorbeigekommen waren, um den Erfolg ihrer neuen Nachbarinnen aus Bleaumont zu feiern – so bunt zusammengewürfelt waren, wie Schwester Madeleine es niemals zuvor erlebt hatte. Es gab Orientalen, Thailänder und Brasilianer, eine karibische Familie schob sich durch Alis Wohnung und etliche Schwarzafrikaner fanden sich ein, sogar ein alter Mann aus Kampala, mit dem die Nonne Erinnerungen an Uganda austauschen konnte, an den unvergleichlichen Blick auf den Victoriasee, an die alljährliche Sophienwallfahrt nach Jinja, an die Rubaga-Kathedrale (obwohl der Mann ein Bahai war) oder an den unvergleichlichen Pilkington Ssengendo und seine »Landschaft im Frieden«, Verheißung für so viele Ugander seit unzähligen Generationen.

Eine Landschaft im Frieden war an jenem Abend auch die Wohnung des Musikproduzenten Alphonse-Antoine de la Franc-Peroche, genannt Ali, selbst wenn die hellen Teppiche und die sensiblen Sofabezüge etwas litten. Doch wie sagte Yves, der Bassist immer so schön, wenn ihn mal jemand fragte: »Was ist ein Musikerleben wert, wenn nicht ein paar Möbelstücke dran glauben.« Und obschon ihn bei dieser Party niemand fragte, so schienen sich doch alle an seine Devise zu halten.

Der Rest der Welt

AUSSERIRDISCHES

Die Tage in Grigny waren für die drei alten Damen von einer gespannten Erwartung geprägt. Niemand wusste, was die Zukunft bringen würde. Alle hatten eine gewisse Sorge, den Rest der Welt zu enttäuschen. Würde irgendjemand sich für das Projekt »Der göttliche Harem« interessieren? Und bereit sein, Geld für eine Eintrittskarte eines ihrer Konzerte zu zahlen? Falls ja: Wäre es richtig, dieses Geld anzunehmen?

Auch wenn die Nonnen über keinerlei persönliches Vermögen verfügten und alles, was sie womöglich einnehmen würden, allein dem Orden zugutekam, so machten sie sich doch keine Illusionen, dass alle anderen, die sich dem Projekt verschrieben hatten, das aus größtem und ausschließlichem Eigennutz taten – ein Motiv, über das man sich zumindest Gedanken machen musste. Und das taten die drei: Schwester Madeleine bei einsamen Spaziergängen durch die Straßen des Viertels, Schwester Lucie bei der ein oder anderen Wasserpfeife in Gesellschaft von Monsieur Ibrahim, mit dem sie sich ein wenig angefreundet hatte und dessen Alltagsphilosophien sie zunehmend schätzte. Und Schwester Sophie in ihren Andachten in der Kirche sowie bei ihren Gesprächen mit dem Pfarrer. Zwischen diesen beiden schien ein ganz besonderer Draht zu existieren. Es überraschte deshalb auch niemanden, dass Schwester Sophie Georges nach einigen Tagen fragte, ob er ihr die Beichte abnehmen würde –

außer Georges vielleicht, der sich beim besten Willen nicht vorzustellen vermochte, dass jemand wie Schwester Sophie überhaupt etwas von Belang zu beichten haben konnte.

Nun, ob sie etwas von Belang beichtete, werden wir freilich nie erfahren, denn für die Beichte gilt bekanntlich ein Geheimnis, an das sich auch Georges hielt, wenngleich es auffällig war, dass er ab da nicht mehr ganz so unbeschwert wirkte. Vielmehr schien es, als läge ein Schatten auf seiner Seele, als belaste ihn etwas. Etwas, das er natürlich nicht aussprach und dessen Existenz er – hätte man ihn denn gefragt – schlechterdings geleugnet hätte.

Louise Prevost indes war in jenen Tagen von einer Energie, die ihre Tante Madeleine niemals in der jungen Frau vermutet hätte: ständig unterwegs, immerzu telefonierend. Und wenn sie einmal nicht das Handy am Ohr hatte, schrieb sie darauf Nachrichten oder empfing welche, die sie natürlich auch sogleich wieder beantwortete. Einen so modernen Menschen wie Lou hatten die drei Schwestern noch nie gesehen. Voll Erstaunen stellten sie fest, dass die Welt sich an anderen Orten als Bleaumont um ein Vielfaches schneller drehte, ja dass deren sogar mehrere gleichzeitig existierten! Eine sicht- und greifbare und eine gleichzeitig wirbelnde im Internet – manchmal wusste man nicht, wo Lou gerade war. Es war geradezu schwindelerregend, wie rasant sich die Ereignisse überschlugen – und so wunderten sich die Schwestern wiederum nicht, als am fünften Tag ihres Aufenthaltes in Grigny der so sanftmütige wie martialische Thierry in der Tür stand und verkündete: »Évry, Créteil, Bobigny, Saint-Denis!«

»Pardon?«

»Schwestern, wir haben den ersten Teil der Tournee fix.«

»Tournee?«, wagte Schwester Madeleine zaghaft einzuwerfen.

»Aber ja!« Thierry ließ sich auf das Sofa im Salon fallen, schien einen Moment auf das Stöhnen aus der Nebenwohnung zu lauschen und rieb sich die Hände. »Es sind keine großen Gigs. Einmal in einem Gemeindezentrum. Einmal in einer Stadthalle. Und einmal als Vorband von La Merde.«

»Von was?« Schwester Lucie wäre fast aus dem Fenster gefallen.

»La Merde. Ziemlich angesagt zurzeit. Nette Mädchen. Spielen so was wie Elektro-Pop. Sie nennen es Pin-Up-Funk.«

»Pin-Up-Funk«, echote Schwester Sophie trocken. »Wie wär's, wenn wir noch mit einer Porno-Soul-Band auftreten.«

Thierry blickte verdutzt, hielt einen Moment inne und lachte dann lauthals. »Geile Idee!«, rief er. »Das muss ich Ali erzählen. Porno-Soul. Schwester, du bist genial.«

»Danke. Aber ich weiß nicht, ob wir mit einer Pin-Up-Pop-Band auftreten können.«

»Pin-Up-Funk.«

»Egal. Ich finde, das passt nicht zu uns.«

»Andererseits«, warf Schwester Madeleine ein, und alle Augenpaare richteten sich erstaunt auf sie, »Jesus ist immer dorthin gegangen, wo die Außenseiter waren. Er hat sich mit den Aussätzigen abgegeben, Maria Magdalena war seine Freundin …«

Die Mitschwestern nickten. In der Tat bedeutete Nächstenliebe auch Liebe zu denjenigen, die nicht den richtigen

Weg gingen, die nicht vom Glück begünstigt oder die dem Glauben fern waren, was auf dasselbe hinauslief.

Thierry wartete nicht, bis dieses Thema ausdiskutiert war, sondern klatschte in die Hände und sagte: »Wunderbar. Dann sind wir uns ja einig. Morgen geht's los.«

»Morgen schon?«, rief Schwester Lucie erschrocken.

»Aber ja. Oder habt ihr was Wichtiges vor?«

Das hätte Schwester Lucie durchaus gehabt, nämlich einen Besuch bei Monsieur Ibrahim, doch es war wohl unpassend, darauf hinzuweisen, zumal sie nicht die Absicht hatte, die anderen, und schon gar nicht Thierry und Lou, einzuweihen.

»Und wohin zuerst?« Ein wenig bang war Schwester Madeleine nun doch.

»Évry. Also nur ein Katzensprung von hier.« Thierry strahlte übers ganze Gesicht.

»Werden Sie auch kommen?«, fragte Schwester Sophie.

»Wird morgen auch ein Tag sein?«, fragte der zurück. »Ich bin Stunden vor euch da, Sisters! Irgendwer muss sich ja vor Ort um alles kümmern.« Er blinzelte Lou zu. »Und unsere gemeinsame Freundin hier wird mich begleiten.«

»Sie begleiten?« Langsam begannen die Alarmglocken bei Schwester Madeleine zu schrillen, weil sie merkte, wie all das eine Eigendynamik entwickelte, die sich nicht mehr kontrollieren ließ. »Aber sie muss *uns* begleiten!«, erklärte sie. »Sie muss uns schließlich *fahren!*«

»Ach.« Thierry winkte mit einer seiner riesigen Pranken ab. »Es wird sich schon jemand finden. Lasst das mal unsere Sorge sein. Kümmerst du dich darum, Loulou?«

Loulou kümmerte sich. Und Georges fuhr sie, auch wenn er mit dem Wagen seine liebe Not hatte. Zu ihrer Überraschung war der Schriftzug »Les Bleues de Bleaumont« verschwunden. Stattdessen prangte jetzt auf der Seite die Aufschrift »Der göttliche Harem«. Georges lachte, als er es sah. Aber er schien es gut zu finden.

»Was machen wir denn mit den Damen vom Chor? Kommen die auch mit?« Schwester Sophie schien besorgt. »Ich weiß gar nicht, ob wir alle reinpassen …«

»Keine Sorge, Sophie«, erwiderte der Pfarrer. »Die kommen mit ihren eigenen Autos.«

Auf die Idee, dass buchstäblich jeder sein eigenes Auto haben könnte, waren die drei noch gar nicht verfallen. Aber natürlich, wenn man sich die Straßen in den Vororten von Paris so ansah, dann lag das nahe: Es war ja kaum ein Durchkommen. Und obschon sie alle das Gefühl hatten, Georges' Fahrweise würde sie dem Himmel auf beängstigende Weise näher bringen, waren die Schwestern doch auch ein wenig dankbar dafür, dass er so ähnlich fuhr, wie er aussah: selbstbewusst, unorthodox, beherzt. Mitunter standen seine Kommentare zu anderen Verkehrsteilnehmern zwar nicht ganz im Einklang mit kanonischem Recht oder kirchlicher Lehre, aber darüber musste man wohl angesichts der teuflischen Kompliziertheit dieses Geflechts aus Groß- und Schnellstraßen, Kreisverkehren, vielspurigen Auf- und Abfahrten, Staus und Rennstrecken, die sich vor ihnen auftaten, hinwegsehen. Schließlich war Nachsicht auch eine Tugend, die sich für den geistlichen Stand ziemte. Und so schlossen die alten Damen gottergeben die meiste Zeit die Augen und mindestens ebenso oft die Ohren und ergingen sich im stummen Gebet, bis Georges endlich verkündete: »Da sind wir schon!«

Der Ort erinnerte mehr an eine Fabrik als an ein Gemeindezentrum.

»Und wo ist die Kirche?«, fragte Schwester Madeleine.

»Na, hier! Mein Kollege François freut sich schon, euch kennenzulernen.« Der Pfarrer deutete auf einen Bau, der in Form und Farbe an eine überdimensionale Schuhschachtel erinnerte. Schwester Madeleine seufzte. »Man dürfte sich schon etwas mehr Mühe geben mit den modernen Kirchenbauten.«

»Kirche, naja«, lachte Georges und hielt ihr die Hand zum Ausstieg hin. Schon eilte ihnen ein kleiner, etwas gedrungener Mann mit strahlendem Lächeln entgegen.

»Ah, die Nonnen aus dem Burgund! Wie wunderbar! Willkommen in Évry!«

»Sie müssen François sein, der Pfarrer«, sagte Schwester Madeleine und reichte ihm die Hand.

»Imam.«

»Imam?«

»Ja, der Imam unserer kleinen Gemeinde hier.« Er deutete auf die Schuhschachtel. »Kommen Sie, ich zeige Ihnen alles!« Er zog Schwester Madeleine mit sich und winkte den anderen, ihm zu folgen, während Georges Schwester Sophie in den Rollstuhl half und dann rasch hinterherschob.

Beschämt dachte Schwester Madeleine, dass es eben nicht nur christliche Gemeinden gab und dass es sehr chauvinistisch gewesen war, einfach eine Kirchengemeinde zu erwarten. Andererseits fand sie, man hätte es ihnen auch sagen können, dass sie vor Muslimen spielen würden. Denn während sie es gewöhnt war, dass die meisten Menschen – nun: die meisten christlichen Menschen – ihnen mit zwar oft distanzierter, aber meist freundlicher Haltung begegneten, fragte sie sich unwillkürlich, ob sie damit bei den Anhängern des Islam ebenfalls rechnen durfte!

Im Inneren des Gemeindezentrums erwartete sie ein Déjà-vu: Ähnlich wie in der Kirche Notre-Dame-de-Toute-Joie-à-Grigny, waren die Räumlichkeiten mit besonderer Sorgfalt und Liebe zum Detail eingerichtet und geschmückt. Es war fast, als versuchten die Gläubigen, so die Abscheulichkeit der Architektur vergessen zu machen.

»Schön haben Sie es hier«, stellte Schwester Madeleine anerkennend fest.

»Danke, Schwester«, erwiderte der Imam. »Wir geben uns Mühe. Ein Gotteshaus ist wie der Mensch, der es nutzt: Mag er auch äußerlich unansehnlich sein, so ist seine Seele doch schön. Und am schönsten ist sie, wenn er Gott sucht.«

»Wie wahr!«, sagte Schwester Madeleine erstaunt. Sie hätte es vielleicht ähnlich ausgedrückt. Wenn ihr solche Worte eingefallen wären.

»Glauben Sie denn, dass jemand zu unserem Konzert heute Abend kommen wird?«, wollte Schwester Lucie wissen.

Der Imam lachte. »Sie machen mir Spaß, Schwester. Wir haben alle dreihundert Karten verkauft. Und wir hätten sogar fünfhundert verkaufen können – wenn es dafür genügend Plätze gegeben hätte.«

Évry war ein großer Erfolg, Créteil und Bobigny liefen sensationell. Saint-Denis war ein Triumph! Allerdings nicht für La Merde. Die drei Nonnen heizten das Publikum zwar ordentlich vor (nicht zuletzt mit einigen Kirchenliedern, die sie im Stil von Nirvana vorzutragen sich entschieden hatten). Doch wenn der Saal glüht, dann kann es bekanntlich auch zu plötzlichen Temperaturstürzen kommen. Eine solche Abkühlung erlebten Publikum und Hauptband dann in einer für beide Seiten frustrierenden Weise. Wobei der Frust auf Seiten der Pin-Up-Funk-Band noch erheblich wuchs, als nach der ersten Zugabe Buhrufe zu hören waren und nach der zweiten »L'harem, l'harem!« skandiert wurde. Und zwar so oft, bis die drei Schwestern (nebst Dina, Lizzy und Jo) wieder auf der Bühne standen und »Satisfaction« intonierten, den Song, der fortan ihre Konzerte beschließen sollte.

Ihre Konzerte? Es nimmt nicht Wunder, dass auf Saint-Denis endlich die Hauptstadt der Republik folgte. Denn längst war *TV 1 Grigny* nicht mehr das einzige Medium, das vom Erfolg der drei Nonnen aus dem Burgund zu berichten wusste. *Le Figaro* hatte ein Interview angefragt, *Canal +* bereitete eine Dokumentation über die Schwestern vor, *Paris Match* hatte sie auf die Titelseite gehoben, Gaultier begonnen, an einer Kollektion zu arbeiten, die von ihrem Stil beeinflusst sein sollte. Am meisten aber erstaunte, erfreute und erschreckte die drei alten Damen die Anfrage des Magazins *Rolling Stone,* ob man für ein Feature zur Verfügung stünde

Es gibt nicht viele Nonnen aus dem Burgund, die in der Kunst des Interviews sehr bewandert sind, und auch nicht viele, die wissen, was sie sich unter einem »Feature« vorstellen sollen. Entsprechend heftig nagte ein Gefühl des Misstrauens und der Überforderung an allen dreien. Zur Überraschung aller (insbesondere Lous) war es aber Schwester

Sophie, die die beiden Mitschwestern zunehmend ermunterte, dem Glück nicht die Tür zu verschließen. »Wir haben den Erfolg gesucht, nun haben wir ihn gefunden.«

»Eitelkeit ist eine Todsünde«, warf Schwester Madeleine ein.

»Tun wir es aus Eitelkeit? Nein. Wir tun es, weil unser kleines Kloster Geld braucht. Und weil man mit Geld etwas Gutes bewirken kann.«

Geld war ein Thema über das sich die Nonnen seit dem Tag ihrer Eintritte in den Orden nie hatten Gedanken machen müssen (allenfalls Schwester Sophie, seit sie die Finanzen des Klosters verwaltete). Schon deshalb nicht, weil es keines gab. Doch das änderte sich nun. Sie sollten ein Konto eröffnen (zum Glück gab es eines, das auf Notre-Dame-de-Bleaumont lautete). Sie sollten ihre Steuerdaten angeben (zum Glück konnten sie sich auch hier auf den besonderen Status des Klosters berufen). Sie sollten Verträge unterschreiben (und keine von ihnen konnte sich erinnern, dergleichen schon jemals getan zu haben). Sie sollten Prokura erteilen (was daran scheiterte, dass niemand wusste, wer dazu berechtigt war), sollten Versicherungen abschließen (was man in einem Akt der gemeinschaftlichen Verantwortungslosigkeit vor sich her schob), sie sollten eine S. A. R. L. gründen!

Lou hatte mit den Veranstaltern des Konzerts in Paris (eine Halle mit zwölftausend Plätzen) vereinbart, dass die drei Nonnen ein Zimmer im Hotel Ritz bekämen, das heißt: eine Suite, denn natürlich konnten sie nicht zu dritt in einem Zimmer schlafen, noch wollten sie sich trennen. Und so kam es, dass sie eines Tages vor ihrem wunderbaren Tournee-Bus standen (inzwischen war ihnen das altertümliche Gefährt richtig ans Herz gewachsen) und sich von Grigny und den neu gewonnenen Freunden verabschiedeten (die ihnen ebenfalls ans Herz gewachsen waren).

Da sie längst zur lokalen Prominenz gehörten (ähnlich wie Jean, der Schlächter, oder Crazy Rob, nur netter), hatte sich das halbe Hochhaus um sie versammelt – nebst den Besitzern der Bars, Restaurants und Geschäfte. Ibrahim hatte die alten Plakate aus dem Schaufenster genommen und »Der göttliche Harem« plakatiert.

»Aber haben Ihre Glaubensgenossen damit denn gar kein Problem?«, fragte Schwester Lucie geschmeichelt.

»Meine Glaubensgenossen wissen gottesfürchtige Frauen und Männer zu schätzen!«, erklärte der Kaffeehausbesitzer. »Der Islam ist eine großzügige Religion für großzügige Menschen. Nur diejenigen, die geistig klein sind, sehen ihn eng.« Er trug eine Kiste bei sich, die er auf die Ladefläche des Kastenwagens stellte. »Ich möchte Ihnen ein Geschenk mitgeben, Schwester«, sagte er. »Für den Fall, dass Sie manchmal an Grigny und an uns zurückdenken.«

»Ein Geschenk? Für uns?« Schwester Lucie wusste gar nicht, was sie sagen sollte, und auch die Mitschwestern waren ganz gerührt. »Sollen wir es erst zu Hause aufmachen? In Bleaumont?«

»O nein!«, erklärte Ibrahim. »Machen Sie es auf, wann immer Sie möchten. Jetzt. Später. Wie es Ihnen passt.«

»Nun mach es schon auf«, sagte Schwester Madeleine leise zu Schwester Lucie, die händeringend neben ihr stand. Und die ließ sich nicht zweimal bitten, sondern öffnete das Präsent, um sogleich in einen kleinen Schrei des Entzückens auszubrechen.

»Eine Shisha?«, fragte Schwester Sophie. »Für uns alte Schachteln?«

»Es ist die schönste, die ich bekommen konnte.« Monsieur Ibrahim war ganz beglückt über die offensichtliche Freude, die er vor allem Schwester Lucie gemacht hatte. Die ergriff seine Hände und blickte ihn voll Dankbarkeit an. »Ich bin sehr froh, dass wir hierhergekommen sind«, sagte sie leise. »Dass wir Sie kennenlernen durften. Wir werden Sie nie vergessen, Monsieur Ibrahim. Und falls Sie und Ihre Familie einmal ins Burgund kommen, besuchen Sie uns doch. Wir haben in unserem kleinen Kloster mehr Platz, als wir brauchen.«

»Viel mehr«, konkretisierte Schwester Sophie.

»Danke, Mesdames. Das ist sehr freundlich. Wir kommen nicht oft von hier weg. Aber eine solche Einladung wäre ein guter Grund …« Er verbeugte sich ein wenig und murmelte: »Ich werde es mit meiner Frau besprechen. Ihnen alles Gute.«

Wenig später war Grigny Vergangenheit und Paris der Mittelpunkt der Welt. Groß, laut, prachtvoll, in jeder Hinsicht überwältigend. Am überwältigendsten von allem aber war das Hotel, in das Lou sie einquartiert hatte. Dergleichen hatten die drei Schwestern noch nicht gesehen.

AUSSERGEWÖHNLICHES

Lou ging es nicht anders. Gewiss, sie kannte die Place Vendôme, diesen unendlich versnobten, geldverseuchten teuersten Platz der Stadt, und sie kannte das Ritz, das dort seine Pforten jedem öffnete, der nur hinreichend betucht aussah.

Aber drin war sie noch nie gewesen. Wie auch, sie hätte ja nicht einmal das nötige Kleingeld für einen Café au lait gehabt.

Diesmal war sie es, die den Bandbus steuerte, und es bereitete ihr schon im Vorfeld eine Art diebischer Freude, sich vorzustellen, wie sie dem Wagenmeister den Schlüssel dieser alten Klapperkiste in die Hand drücken und ihn bitten würde: »Parken Sie mal den Wagen, ja?«

Womit sie nicht gerechnet hatte, war, dass der Wagenmeister – übrigens ein sensationell gutaussehender Schwarzer in der geilsten Uniform, die sie je gesehen hatte –, kaum dass sie vorfuhren, auf den Wagen zutrat, die Tür öffnete und mit der ungefähr elegantesten Verbeugung aller Zeiten sagte: »Willkommen im Ritz, Mesdames! Es ist uns eine Ehre, Sie zu begrüßen.«

Beinahe hätte sie vergessen, ihm den Schlüssel zu geben. Aber er erinnerte sie mit einem Zahnpastalächeln: »Darf ich mich um Ihr Auto kümmern?«

»Ähm. Gerne. Bitteschön.« Sie reichte ihm den Schlüssel, wunderte sich, dass der Gehweg vor dem Hotel so weich war, stellte schließlich fest, dass es wohl ihre Knie waren, und ergänzte: »Wir müssen nur noch rasch einen Rollstuhl von hinten holen.«

»Aber sicher, Mademoiselle. Wenn Sie erlauben, kann ich das erledigen.« Gesagt, getan. Und keine zwei Sekunden später half er Schwester Sophie so formvollendet in ihr Gefährt, dass die aus dem Strahlen gar nicht mehr herauskam. »Sehr freundlich, junger Mann. Sehr liebenswürdig.«

»Ich bitte Sie, Madame, dafür bin ich schließlich da.«

Schwester Madeleine raunte: »Wir sollten ihm vielleicht ein Trinkgeld geben.«

»Ein Trinkgeld, du hast recht, meine Liebe!«, rief Schwester Sophie und suchte in ihrem Umhang nach der Geldbörse. Doch ehe sie sie fand, hatte der Wagenmeister sie bereits in die Halle geschoben und war wieder hinausgeeilt, um den Tourbus wegzufahren. »Was für ein entzückender junger Mann«, stellte Schwester Lucie fest. Und dann schwiegen sie alle vier. Schwiegen und staunten. Das Ritz tat sich vor ihnen auf wie ein hochfürstliches Schloss: strahlend, prächtig, in jeder Hinsicht großartig.

»Soll das das Hotel sein?«, flüsterte Schwester Lucie befangen.

»Offenbar«, erwiderte Schwester Madeleine, die spontan das Gefühl hatte, dass es sich nicht schickte, wenn drei Ordensschwestern an einem solchen Ort abstiegen. »Lou. Sag uns doch bitte einmal, was das hier kostet.«

Die junge Frau hob die Hände. »Ich habe keine Ahnung, Tante Madeleine. Der Veranstalter zahlt die Suite.«

»Aber warum machen sie das denn?«

»Ihr seid jetzt Stars, Tante. Für die gibt man sich Mühe.«

Offensichtlich gab man sich im Hotel jederzeit und für jeden Gast Mühe, ob er nun ein Star war oder nicht. Denn wer auch immer was auch immer wollte, wurde hofiert wie König Krösus persönlich. Wobei es ebenso offensichtlich war, dass man schon Krösus sein musste, um hier überhaupt residieren zu dürfen.

Ein Concierge mit ausgewählten Manieren und einer Sprache wie aus dem Französischkurs für Höhere Töchter. Im Aufzug ein Boy, der zwar außer »Wohin darf ich Sie bringen« und »Gerne, Mesdames« partout nichts zu beherrschen schien, das aber auf unnachahmlich vornehme Weise. Im

Zimmer ein Obstkorb zur Begrüßung, ein hübsches Gesteck mit einem Kärtchen (»Was Sie auch wünschen, wir werden alles tun, um Ihren Wunsch zu erfüllen!«) und ein Zimmerkellner, der unmittelbar hinter den vier Frauen in die Suite trat und ein Rollwägelchen mit Champagner und Häppchen mit sich führte. »Das muss ein Versehen sein, Monsieur«, erklärte Lou souverän. »Wir hatten noch gar keine Gelegenheit, etwas zu bestellen.«

»Oui, Madame. Nur eine kleine Aufmerksamkeit der Zulu Action Entertainment.« Er lächelte, nickte und schob das Tischchen zur Seite. »Möchten Sie, dass ich den Champagner für Sie öffne, Madame?« Wenn schon »Mademoiselle« gewöhnungsbedürftig war für Lou, so war es »Madame« noch viel mehr. Sie nahm unauffällig den Kaugummi aus dem Mund. »Tja, also, ich weiß nicht. Vielleicht sollten wir erst einmal richtig ankommen.«

»Ach was«, sagte Schwester Sophie, die zwar den Blick aus dem Fenster gerichtet hatte, aber mit den Ohren ganz da war. »Machen Sie ihn auf, junger Mann. Besser, wir bringen es hinter uns. Und nehmen Sie sich auch ein Glas.«

»Gerne, Madame. Und merci für die Einladung. Aber, pardon, das ist mir leider nicht erlaubt.« Der Zimmerdiener nahm die Flasche aus dem Kühler, die Eiswürfel klimperten wie das Geld in einem Klingelbeutel.

»Sollen Sie den Gästen nicht jeden Wunsch erfüllen? Ich denke, das ist Ihre Aufgabe.«

»In der Tat, dafür bin ich da.«

»Dann unterstützen Sie uns bei der Vernichtung des Champagners, Monsieur. Zumal wir leider kein Trinkgeld geben können.«

Einen Knall später, der wie die Verheißung eines glanz-
vollen neuen Lebens für Lou klang, klirrten die Gläser und
man wünschte sich allseits »Santé«. Schwester Sophie wie-
derholte es sogar mehrmals leise: »Santé.« Ja, das war das
Wichtigste jetzt. Gesundheit.

Wer nie im Ritz war, kann kaum ermessen, wie unsinnig
luxuriös ein solches Hotel ist. Sie haben dort buchstäblich
alles – außer einer Hauskapelle, wie Schwester Sophie etwas verschnupft feststellte, als sie mit dem Lift nach unten
fuhr und nach derselben fragte. Der Concierge, wie immer
von vollendeter Eleganz, empfahl ihr »unseren Transcen-
dental Room«, eine Art Vor-Nirwana mit sphärischen Klän-
gen und Sitzgelegenheiten in Form von Lotosblüten, wo
ständig gedämpftes Licht glimmte und in einem großen
gläsernen Kubus Flammen geisterhaft über Steinen tänzel-
ten. Was all das mit Andacht zu tun haben sollte, erschloss
sich der Nonne nicht, weshalb sie sich dorthin begab, wo innere Einkehr nie falsch ist: nach draußen. Und zwar in den
Garten, ein schmales, mit chirurgischer Präzision gestaltetes
Carré, in dem in Reih und Glied kugelrund geschnittene Bäu-
me einen Rasen säumten, der aussah, als wäre er in der Tep-
pichfabrik entstanden. Dennoch war dieses winzige Fleck-
chen Grün eine Oase im Getöse der Stadt, und Schwester
Sophie liebte vom ersten Moment an das Plätschern des
Springbrunnens, das sie an den Bach hinter ihrem Eltern-
haus nahe Beaugency erinnerte.
    Sie rollte mit ihrem Stuhl in den Schatten zwischen zwei
Bäumen, schloss die Augen, ließ sich gnädig von einem
Kellner stören, der ihr dringend etwas bringen wollte (wo-

rauf sie Ziegenmilch bestellte, und sei es, weil sie wissen wollte, was in so einem Hotel alles möglich ist), schloss erneut die Augen – und schlief im nächsten Moment dankbar ein.

Als sie erwachte, dämmerte es. Das Ritz hatte es sich gefallen lassen, den Garten mit Beginn der Blauen Stunde zauberhaft zu illuminieren: Zwischen den akkurat geschnittenen Hecken und unter den Bäumen gossen unzählige Lampen ihr goldenes Licht in den Abend, und die alte Dame beschloss kurzerhand, ihre Andacht hier und jetzt zu halten, ohne die Mitschwestern zu informieren, ohne auf die Uhr zu schauen und ohne die Ziegenmilch zu trinken, die auf einem Tischchen neben ihr stand, in einer kleinen Schale mit Eis und von einem zierlichen Tellerchen bedeckt, sodass sie weder schal werden noch Insekten anziehen konnte.

Es liegt unter diesen Umständen nahe, dass Schwester Sophie tat, was sie tat, nämlich für den Rest der Menschheit zu beten, dass dieser allüberall (und nicht nur für Geld) solche Hingabe und Fürsorge zuteilwerde. Dass alle Kinder Gottes wenigstens einmal in ihrem Leben so frei von jeder Sorge um sich selbst sein durften, wie es die alte Dame an diesem Abend war. Dass Gott ihr gnädig wäre, ob des ungehörigen Luxus, mit dem sie umgeben war. Denn sosehr es zeigte, wie schön die Welt sein konnte und zu welcher Leidenschaft für das Schöne und Gute der Mensch beseelt war, so unzweifelhaft war es nicht gottgefällig, sich derartiger Verschwendung hinzugeben, wenn anderswo Not und Elend herrschten. Denn schön und gut mochten all die Bemühungen in diesem Hause sein, aber eines waren sie dennoch nicht: wahr. Die Nächstenliebe, die hier gepflegt wurde, war nur die Liebe zum Geld des Nächsten. Wer keines besaß, dem wurde auch keine Liebe zuteil.

Dies waren die Gedanken, die Schwester Sophie beschäftigten, während sie ihr Vaterunser betete, ihr Glaubensbekenntnis ablegte, ein Ave Maria murmelte und dem Herrn ihr tiefstes Inneres offenbarte – und während Lou das ganze Hotel nach ihr absuchte.

Endlich hatte die junge Frau sie gefunden: »Sophie! Ich habe dich überall gesucht!«

»Aber ich war die ganze Zeit hier, mein Kind.« Die Nonne lächelte Lou gütig an. Irgendwie sah sie schmal aus, dachte jede der beiden über die jeweils andere. »Möchtest du ein Glas Milch?«, fragte die alte Dame und nahm das Tellerchen vom Glas. »Sie ist ganz frisch.«

»Bof, Milch …«

»Doch, doch, bitte. Trink.«

Und Lou tat ihr den Gefallen. War allerdings nicht sehr begeistert. »Also wenn sie hier alles können, Milch können sie nicht.«

»Das ist Ziegenmilch. Die bist du vielleicht nicht gewöhnt, Lou?«

In der Tat war Lou sie nicht gewöhnt. Sondern etwas befremdet. »Echt jetzt? Ziegenmilch? Wieso bringen die dir Ziegenmilch?«

»Vielleicht weil ich eine bestellt hatte?«

»Aha. Und nächstes Mal bestellst du Elefantenmilch?«

Das wäre in der Tat eine witzige Idee gewesen. Schade, dass sie nicht selbst darauf gekommen war, dachte Schwester Sophie und gab Lou ein Zeichen, mit ihr wieder hineinzugehen. Lou schob sie also zurück ins Haus und brachte sie in die Suite. »Ali holt uns in einer halben Stunde zum Essen ab. Macht euch mal lieber fertig.«

»Aber gerne«, sagte Schwester Madeleine. »Muss nur noch mein Make-up auflegen.«

»Make-up?«

Aber natürlich grinste die drei Nonnen sie bloß an. Nun, immerhin schien es ihnen hier zu gefallen. Jedenfalls ging's ihnen gut.

Anders als Lou. Die klagte beim Diner über Kopfschmerzen und wenig später über Bauchschmerzen und zog sich schon früh zurück. Kurz hatte sie gezögert, weil Ali wegen einer anderen Verpflichtung doch nicht aufgetaucht war: »Ich kann euch doch hier nicht allein lassen.«

»Ach was«, hatte Schwester Madeleine erwidert, die dankbar war, dass zumindest das Restaurant, das ihre Nichte gewählt hatte, ein ganz einfaches elsässisches war. »Wir sind schließlich schon groß.«

»Aber ich hinterlasse meine Adresse im Hotel. Für alle Fälle.«

»Hast du denn kein Zimmer im Hotel?«, fragte ihre Tante.

»Im Ritz?« Lou schüttelte den Kopf und lächelte müde. »So weit sind wir noch nicht, dass das Management ein Zimmer im Luxushotel bekommt. Aber es ist ja nicht weit nach Grigny.«

»Und du bist sicher, dass … ich meine … wenn wir irgendetwas tun können … außerdem ist die Suite so groß, da könntest du doch ohne Weiteres …«

Lou winkte ab. »Lass mal, Tante Madeleine. Ich bin bei

einer guten Freundin untergekommen, die ich lange nicht gesehen habe. Da fehlt mir nichts.«

»Ja dann. Gute Nacht, meine Liebe.«

»Gute Nacht.« Seltsam schmal und fast ein wenig gebückt, schlurfte Lou aus dem Lokal und hielt vor der Tür ein Taxi an. Immerhin. Nachdenklich sah Schwester Madeleine ihr hinterher. Wer hätte gedacht, dass solche Talente in dieser jungen Frau steckten! Alles, was hier geschah, hatte letztlich Lou auf die Beine gestellt. Sie hatte die Idee gehabt, den Wagen organisiert, sich um die Produzenten gekümmert (die auf höchst unterschiedliche Weise genauso nichtsnutzig aussahen und doch erstaunliche Fähigkeiten hatten!). Sie hatte dieses eigenartige Vorspiel und den Konzertabend bei Georges eingefädelt, sich um eine Unterkunft in Grigny gekümmert, die Presse auf die Band aufmerksam gemacht, ach ja: und den Namen erfunden, zumindest den ersten. Nun hatte sie Verträge verhandelt, die aus drei armen Schwestern im Luxus lebende Pop-Diven machten, auch wenn weder Schwester Madeleine noch die beiden anderen dergleichen wünschten. Allerdings wusste die alte Dame: Manchmal muss man repräsentieren, um einer Sache zum Erfolg zu verhelfen. Denn was umsonst ist, wird oft für wertlos gehalten. Hatte Ali das gesagt oder Thierry? Egal, jedenfalls war es wahr.

Und oftmals war das scheinbar Kostenlose tatsächlich gleichermaßen teuer wie kostbar. Ein gottgefälliges Leben etwa, wie es die alten Damen täglich aufs Neue erstrebten. Denn es bedeutete, dass man tagtäglich investieren musste, dass man sich stets überwinden und Mühe geben und sich den Anfeindungen und Verlockungen des Alltags stellen musste. So, wie es die drei Nonnen in den Wochen in Grigny und Paris taten – und später noch in Rouen, Orléans, Lyon und sogar in Monaco.

»Wir sollten ins Hotel zurückkehren«, stellte Schwester Madeleine fest, als sie wieder an den Tisch zurückkehrte. Und das taten sie auch. Allerdings nicht im Taxi, sondern zu Fuß, einerseits, um Paris bei Nacht zu sehen, wovon man doch schon so viel gelesen und gehört hatte, andererseits, um ein wenig Bewegung zu haben.

Das Restaurant war in der Nähe des Eiffelturms gelegen. Sie überquerten die Seine und bogen nach dem Trocadéro Richtung Arc de Triomphe ab. Gern hätten sie noch einen Umweg über die Tuilerien gemacht, von denen man ja ebenfalls schon so viel gelesen und gehört hatte, doch das wäre angesichts der vorgerückten Stunde etwas zu viel des Guten gewesen.

Die Place Vendôme funkelte mit sich selbst um die Wette, und ein wenig schämten sich die drei Nonnen, als sie das Hotel betraten. Wäre es nicht für einen höheren Zweck gewesen, sie hätten auf die Suite verzichtet und sich eine Unterkunft in einem Pilgerheim oder einer Jugendherberge gesucht. Ein gemeinschaftliches Gebet beschloss den Tag und eine sehr kurze Lesung aus den Psalmen, kaum der Rede wert, aber wohltuend für Geist und Seele nach vielen Stunden voller überwältigender Eindrücke und moralischer Dilemmata. Diesmal las Schwester Madeleine:

HERR, neige deine Ohren und erhöre mich;
denn ich bin elend und arm.
Bewahre meine Seele, denn ich bin dein.

Hilf, du mein Gott, deinem Knechte,
der sich verlässt auf dich.

Und Schwester Sophie ergänzte aus der Erinnerung die Verse:

Herr, sei mir gnädig;
denn ich rufe täglich zu dir.
Erfreue die Seele deines Knechts;
denn nach dir, Herr, verlangt mich.

Ausgerechnet das Konzert in Paris verpasste Lou, die krank im Bett lag. Aber Ali hatte dafür gesorgt, dass sie es im Internet live verfolgen konnte. Im Vergleich zu den bisherigen Auftritten wirkten die Schwestern ein bisschen verhalten. Lucie zeigte ihre Zahnlücke seltener, Madeleine schien etwas zu viel mit dem Kopf und etwas zu wenig aus dem Bauch zu spielen, und Sophie haute weniger wuchtig in die Tasten. Aber dem Publikum fiel das natürlich nicht auf, es tobte. Wann hatte man schon mal drei Nonnen derart abrocken sehen!

Auch die Medien überschlugen sich. Beginnend bei den Online-Magazinen über das Frühstücksfernsehen bis hin zu den Tageszeitungen, die Thierry der jungen Frau ans Krankenlager brachte. »Voilà!«, rief er. »Wir sind die Top-Meldung.«

»Wir sind ja auch der Top-Act«, entgegnete Lou und nieste mehrmals heftig.

Thierry ging zum Fenster, riss die Vorhänge zurück und

öffnete es weit. »Du brauchst Sauerstoff. Hier ist eine Luft wie in einem Puff.«

»Du musst es ja wissen.«

Er setzte sich zu ihr und legte eine Pranke auf ihren Arm. »Wie soll das eigentlich weitergehen? Ich meine: für dich?«

»Weitergehen? Naja, als Nächstes kommt Rouen. Da bin ich hoffentlich wieder fit …«

Thierry verdrehte die Augen. »Du weißt, was ich meine! Was wir aus der Sache machen, weiß ich. Ali und ich. Wenn alles gut läuft, verdienen wir als Produzenten scheiße viel Geld. Aber du?«

»Ich mach das nicht für Geld, Thierry.«

»Bist du jetzt auch unter die Nonnen gegangen?«

»Nein. Mir macht das Spaß.« Sie zögerte, blickte aus dem Fenster, wo sich zwei Krähen in der Luft um etwas stritten, und spürte, wie sich ein Gedanke in ihr formte, ein Gefühl mehr, eine Ahnung: eine schreckliche Ahnung. »Manche Dinge muss man einfach tun, Thierry«, sagte sie leise. »Ich mache das gern. Und so lang wird das alles nicht gehen.«

»Na hör mal! Wir haben gerade erst angefangen, und die Ladys sind topfit. Die Kuh können wir locker zehn Jahre lang melken.«

»Wenn du meinst, Ty …«

Sie brauchte zwei Tage, bis sie sich wieder aufraffen und die Schwestern im Ritz besuchen konnte. Es war ohnehin der Tag der Abreise zum nächsten Gig, und Lou hatte noch einen extra late check-out verhandelt, weil Schwester Lucie entdeckt hatte, dass es ein grandioses Schwimmbad gab, über das sich ein künstlicher Himmel wölbte, der sie an Tiepolo erinnerte. Der Wagenmeister – es war derselbe wie bei der Ankunft – verbeugte sich mit einem hintersinnigen Lächeln, und beinahe hätte Lou geglaubt, er habe ihr ganz leicht zugezwinkert. Der Concierge wusste schon, wer sie war, der Liftboy fuhr sie ungefragt ins richtige Stockwerk. Und Schwester Madeleine schloss Lou bei der Begrüßung so fest in die Arme, dass sie kaum noch Luft bekam.

Vor dem Hotel wartete der Tourbus. Frisch gewaschen. Der Wagenmeister hatte ihn so geparkt, dass man die Aufschrift weithin auf der Place Vendôme lesen konnte: »Der göttliche Harem«. Mit einer Verbeugung reichte er Lou den Schlüssel und half Schwester Sophie mit dem Rollstuhl. Dann hielt er den Mitschwestern die Beifahrertür auf und zuletzt Lou die Fahrertür. »Danke, dass Sie das Ritz gewählt haben«, sagte er, und es klang bei weitem nicht so einstudiert, wie es hätte klingen können. Womöglich meinte er es sogar ernst? Lou schenkte ihm ein Lächeln, und er lächelte zurück. »Ich habe Sie auf dem Konzert vermisst«, sagte er leise.

»Sie waren da?«

»Sicher. Wann kann man schon einen göttlichen Harem auf der Bühne sehen.«

»Vielleicht treten wir noch mal in Grigny auf«, erklärte die junge Frau. »Kennen Sie Grigny?«

»Bof. Ich stamme von da.«

Einen Augenblick lang war Louise Prevost sprachlos. »Echt? Ich auch!«

»Meine Nummer ist im Handschuhfach.« Mit einer elegant-fließenden Bewegung schloss er die Tür, tippte sich an seine Kappe und zwinkerte abermals auf diese beinahe unsichtbare umwerfende Art. Lou gab Gas.

Rouen. Gut hunderttausend Einwohner. Eine entzückende Stadt voller romantischer Häuser und sehr umgänglicher Einwohner, die allerdings nicht zwingend als die Temperamentvollsten gelten. Zumindest nicht für all jene, die sie nicht auf dem Konzert des »Göttlichen Harems« erlebt haben. Wer indes dabei war, weiß, wie die Rouener abgehen können, vor allem bei Chansons der Piaf aus dem Mund von Schwester Lucie (bei »Mylord« war von dem Lied kaum noch etwas zu hören, so laut jubelte und kreischte das Publikum). Dina, Lizzy und Jo, die mit einem gemieteten Minivan direkt aus Grigny gekommen waren, mischten das maue Nachtleben der Stadt auf und hinterließen etliche gebrochene Herzen bei den jungen Männern.

Sie hätten eine weitere Nacht in der Stadt bleiben können, doch Schwester Sophie hatte gebeten, die Kathedrale von Chartres besuchen zu dürfen, weshalb sie beschlossen, die Etappe nach Orléans zweimal zu fahren und Station in der Stadt an der Eure zu machen. In jungen Jahren hatte Schwester Sophie davon geträumt, eine berühmte Organistin zu werden. Dass sie nun im Spätherbst ihres Lebens die große Orgel mit ihren siebenundsechzig Registern zu sehen bekommen würde, damit hatte sie nicht mehr gerechnet. Auch nicht, dass der Dompropst bereits von den drei musizierenden Nonnen gehört hatte – und erst recht nicht, dass er Schwester Sophie einlud, Bachs »Fantasie« und »Fuge in g-Moll« zu spielen. Die alte Dame war so gerührt, dass sie nach dem Verklingen des letzten Akkords minutenlang unter den gewaltigen Pfeifen sitzen blieb und leise weinte. Lou teilte ihre Empfindungen heimlich.

Die Weiterfahrt verlief in beinahe andächtiger Stimmung.

Alle wussten, dass mit Chartres ein Lebenstraum in Erfüllung gegangen war, und fragten sich, ob das, was sie hier taten, letztlich mit ihren eigenen Träumen und Hoffnungen zu tun hatte.

Dass Orléans für fromme Jungfrauen ein Heimspiel war, nimmt nicht weiter wunder. Doch auch Lou kam auf ihre Kosten, weil sich herausstellte, dass der Wagenmeister des Ritz frei hatte und Lust, einen Ausflug in die Provinz zu unternehmen, weshalb die Weiterfahrt sich bis nach dem Frühstück (um 14 Uhr) verzögerte. Dina, Lizzy und Jo waren bereits vorausgefahren, und Schwester Lucie mit ihnen, weil sie mit Lizzy eine enge Freundschaft geschlossen hatte. Lizzy & Lucie, wie sie seit ein paar Tagen öfter genannt wurden, verbrachten viel Zeit miteinander. Lizzy erzählte der Schwester von ihrem Leben vor der Arbeit als Go-go-Tänzerin. Sie war aus Ghana, wo sie Krankenschwester gewesen war, nach Frankreich geflohen, hatte ihre beiden Brüder vorausgeschickt, aber nicht mehr wieder gefunden; die Eltern waren nicht mehr am Leben. Manchmal unternahmen die beiden einen Spaziergang, oft rauchten sie zusammen die Shisha, und jeden Abend beteten sie gemeinsam: für den Frieden, für die Armen und für Lizzys Brüder, wo immer sie geblieben sein mochten.

Natürlich war auch Orléans ein Triumph. Die drei Nonnen wurden eingeladen, hofiert, aufgefordert, ein Liedchen zum Besten zu geben. Sie wurden angefeindet, ausgebuht und ihr Bandbus wurde mit rohen Eiern beworfen. Es zeigte sich zunehmend, dass der Erfolg nicht nur schöne Seiten hatte, sondern auch dunkle: Man missverstand sie jetzt in Interviews. Den einen waren die Nonnen aus dem Burgund zu wenig fromm, für die anderen galten sie als Missionarinnen, die am liebsten den Gottesstaat in Frankreich eingeführt hätten.

Manchmal lieh sich Schwester Sophie Lous Handy und telefonierte mit Georges in Grigny, mitunter waren es kurze, meist aber ziemlich lange Gespräche. Gelegentlich fragte Schwester Madeleine ihre Nichte, ob sie nicht einen Spaziergang mit ihr unternehmen wolle – und schnorrte sich dann eine Selbstgedrehte (die Kräuter aus dem Klostergarten gingen übrigens langsam zur Neige). Es gab Tage, an denen aus der Lust zu musizieren eine Unlust an der Öffentlichkeit erwuchs. Hatten sie nicht einst entschieden, sich aus der Welt zurückzuziehen, ins Kloster zu gehen, weil es eben genau das war: ein Sich-Einschließen? Und nun tourten sie wochenlang durch die Republik, gaben Konzerte und Interviews, traten im Fernsehen auf und ließen sich fotografieren … Jede für sich fand täglich ein wenig mehr, dass sie eine schöne Zeit gehabt und etwas Gutes getan hatten, dass es aber an der Zeit sei, all das nun zu beenden. Auch Lou spürte es und war deshalb wenig erstaunt, als sie auf Alis Mitteilung, als Nächstes stünden Konzerte in Nizza, Lyon und Straßburg auf dem Programm, er habe gerade die Verträge unterzeichnet, die Antwort von Schwester Madeleine bekam: »Da muss er leider selbst singen, für uns wird es besser sein, aufzuhören« – und die Mitschwestern (und sogar Lizzy) nickten dazu.

AUSSERPLANMÄSSIGES

Monaco sollte also der letzte Gig sein. Thierry hatte sich als Clou der Veranstaltung ausgedacht, dass sie ihren Auftritt zusammen mit dem Orchestre Philharmonique de Monte-Carlo haben sollten. Das Grimaldi Forum war fast ausverkauft, letzte Karten wurden auf dem Schwarzmarkt für empörende Summen gehandelt.

Es war ein anstrengend schöner Tag unter der Sonne der Côte d'Azur. Das hochmoderne Bauwerk lag wie ein Raumschiff am Ufer, blau wölbte sich der Himmel über dem blauen Meer, und Madeleine, Lucie und Sophie standen staunend am Wasser und suchten den Horizont, der sich allerdings hinter einer Dunstwolke verbarg. Weiße Yachten präsentierten sich vor den schwarzen Kutten, die Palmen, mit denen man den Vorplatz besteckt hatte, wirkten beinahe künstlich, so grün waren sie. Schwester Sophie seufzte. Sie atmete schwer. Die Hitze machte ihr zu schaffen, den anderen natürlich auch. Nur Lou in ihrem winzigen Top nicht. Sie präsentierte ihre Tattoos und fiel damit in dieser Stadt kein bisschen auf. Am Abend allerdings überraschte sie die drei alten Damen, als sie in die Garderobe trat (übrigens in Begleitung des Wagenmeisters des Ritz, der – nebenbei bemerkt – Benedict hieß und rein zufällig auch in Monaco zu tun gehabt hatte): Sie trug ein langes, weißes Kleid, das weich ihren Körper umfloss. »Zum Abschluss unserer Tournee wollte ich mich für euch schön machen«, erklärte sie. »Ihr habt es verdient. Ich bin stolz auf euch, wirklich!«

Und dann weinten sie alle vier ein wenig. Bis der Konzertmeister der Philharmoniker den Kopf zur Tür hereinstreckte und mitteilte: »Mesdames, in zwei Minuten beginnt die Übertragung.«

»Übertragung?«, fragte Schwester Madeleine.

»Das Radio«, sagte Lou. »Frankreich, Deutschland, Luxemburg. Und die Schweiz. Eurovision, ihr wisst schon.«

Wussten sie zwar nicht, aber: »Wer um alles in der Welt hat das denn veranlasst? Weiß Alphonse davon?«

»Alphonse?«

»Ali.«

»Oh. Ja. Klar. Ich hab's ihm gesagt.«

»Du hast es ihm gesagt? Dann wusstest du es schon vorher?«

»Sicher, Ich hab's ja eingefädelt.«

»Du hast …«

»Mesdames! Noch eine Minute!«

Lou zeigte auf die Uhr, die drohend über dem Spiegel hing. »Ihr müsst raus.«

Und sie gingen raus, wie stets. Zuverlässig, pflichtbewusst, souverän. Und heizten Monte-Carlo noch ein wenig mehr ein an diesem glühend heißen Abend. Anderthalb Stunden lang. Mit allem, was das Repertoire hergab. Dina, Lizzy und Jo bezauberten mit glitzernden Kleidern, Schwester Lucie berauschte mit ihrer funkelnden Stimme. Schwester Madeleine fand mit dem ersten Ton den richtigen Groove, Schwester Sophie am Piano gab ihr Letztes. Als sie mit »Easy« ihre finale Zugabe spielten, stand der ganze Saal und sogar die Musiker des Orchesters hatten sich erhoben und klatschten im Takt mit.

Mit dem letzten »Yeah!« erloschen alle Lichter und die Bühne versank im Dunkeln. So hatten es sich die drei Schwestern angewöhnt und erbeten, damit sie für einige Augenblicke von der Bühne gehen konnten, ohne dass man ihnen die Erschöpfung ansah. Und das taten sie auch nach diesem letzten Konzert. Nur Schwester Sophie kam nicht mit. Sie blieb mit ihrem Rollstuhl vor dem Klavier sitzen und bewegte sich nicht vom Fleck.

Bleaumont

VERGÄNGLICHES

Es war ein Aneurysma. Der Tod war so plötzlich gekommen, dass sie es nicht einmal selbst gemerkt hatte. Tausend Menschen hatten ihre letzten Augenblicke im Diesseits und ihre ersten im Jenseits beklatscht und bejubelt, ohne zu wissen, dass Gott über eine der Künstlerinnen den Vorhang endgültig gesenkt hatte.

Auch die Mitschwestern waren im ersten Moment ahnungslos und schoben den Rollstuhl mit der armen Verstorbenen noch einmal nach vorne, um den Applaus entgegenzunehmen. Dass Schwester Sophie dabei ein wenig nach vorne kippte, wirkte beinahe wie eine Verbeugung. Doch plötzlich spürte Schwester Madeleine, wie ein Schauder sie überzog, wie ihr unvermittelt kalt wurde, und sie verstand, was geschehen war. Sie hatte es ja geahnt, dass Sophie krank war, sehr krank. Dass sie nicht mehr lange zu leben haben würde. Aber so plötzlich?

Auch Lou hatte wohl eine Art siebten Sinn, denn sie stand plötzlich neben ihr auf der Bühne, nahm den Rollstuhl und zog ihn zurück. Hinter der Bühne gab es einen Rettungssanitäter. Innerhalb von Minuten war ein Arzt vor Ort. Doch die alte Dame war heimgegangen und würde nicht wiederkehren.

Die Rückfahrt nach Bleaumont schien unendlich lang. Lou hatte Dina und Jo mit Benedict zurück nach Paris geschickt. Lizzy hatte darauf bestanden, mit den Nonnen zu kommen. So saßen sie wieder zu viert im Tourbus und fuhren schweigend durch den wunderschönen Süden Frankreichs. Schwester Sophie würde das Licht der Provence nicht mehr sehen. Sie würde nie mehr den ruhigen Lauf der Saône bewundern und die dunklen Trauben des Burgund kosten. Sie würde nicht mehr erfahren, ob es den Schwestern gelang, den Bleu de Bleaumont jemals wieder so unvergleichlich zu kreieren wie er früher gewesen war. Und sie würde ihren Mitschwestern nicht mehr beistehen im verzweifelten Versuch, das alte Kloster vor dem endgültigen Untergang zu bewahren.

»Sie hat noch einmal das Meer gesehen«, sagte Schwester Madeleine leise.

»Sie hat in Chartres auf der Orgel gespielt.«

»Ja. Und das hat sie wundervoll getan.«

»Sie hat alles wundervoll getan«, ergänzte Lou, die sich fühlte, als hätte man sie in ein tiefes Loch gestoßen und mit Steinen beschwert.

»Sie hat viele Menschen kennengelernt«, flüsterte Schwester Madeleine. Schwester Lucie nickte. »Lou zum Beispiel. Unsere beiden Manager, dich Lizzy.«

»Georges«, sagte Lizzy. »Vor allem hat sie Georges kennengelernt.«

Und alle blickten sie an, weil ihnen einfiel, dass es eine besondere Beziehung gewesen war und sie dem Pfarrer noch gar nicht Bescheid gegeben hatten.

Schon am nächsten Tag traf Georges in Bleaumont ein. Er wirkte gefasst, aber gealtert. Lou holte ihn in Beaune ab, Monsieur Bertin hatte ihr seinen alten R4 geliehen (niemandem schien es passend, den Tourbus noch einmal zu benutzen, er war wieder in Joe's Garage zurückgekehrt).

Irgendjemand hatte zwar gehört, dass die Schwestern nach Wochen wieder heimkehren würden. Die Nachricht vom plötzlichen Tod der Nonne aber war dem »Harem« nicht vorausgeeilt. So war es zu einer gespenstischen Situation gekommen, als der ganze Ort geschmückt gewesen war und die Einwohner sich am Straßenrand versammelt hatten, um die berühmt gewordenen Töchter von Bleaumont hochleben zu lassen – um dann zu erfahren, dass eine von ihnen ihr Leben gelassen hatte. Unvermittelt war aus einem Triumph- ein Trauerzug geworden, der den alten Kastenwagen zum Kloster Notre-Dame begleitete, schweigsam, bedrückt, gottergeben.

Und nun auch noch Georges, der zum ersten Mal, seit Lou ihn kannte (und das war ziemlich lange), einen schwarzen Anzug trug, ein schwarzes Hemd und einen kleinen weißen Kragen, wie ihn andere Priester trugen, Georges, dieser Baum von Mann mit den geilen Piercings und der coolen Glatze, der einem Bauarbeiter ähnlicher sah als einem Pfaffen. Doch als er zögerlich und müde aus dem Zug stieg, war er genau das: ein Geistlicher, dem die traurige Pflicht oblag, jemanden zu Grabe zu tragen, der seinem Herzen nahgestanden hatte. War er nicht sogar Beichtvater von Sophie gewesen? Lou glaubte sich vage zu erinnern. War er deshalb so gefasst, weil er es schon gewusst hatte? Weil er erwartet hatte, dass sie bald sterben würde? »Du wusstest es«, sagte sie, als sie über die lieblichen Hügel des Burgund Richtung Bleaumont fuhren.

Er seufzte. »Dass sie sterben würde? Ja. Dass es so schnell kommen würde? Nein. Was war denn der Grund?«

»Eine Art Schlaganfall.« Sie flüsterte fast.

Georges nickte. »So etwas kann man nicht vorhersehen, das kommt immer plötzlich.«

»Sie würde noch leben, wenn ich nicht …«

»Wenn du nicht was?«

»Ich habe ihnen das eingeredet.«

»Was eingeredet?«

»Das mit der Band. Die Tournee und das alles. Auf meinem Mist gewachsen.«

Georges legte ihr die Hand auf den Arm, spürte, wie sie zitterte. »Und damit hast du ihnen, und auch Sophie eine riesige Freude gemacht. Ich höre noch ihre Stimme, wie sie mich angerufen hat. Das muss aus …« Er überlegte.

»Chartres«, sagte Lou.

»Ja, Chartres! Sie rief mich an und erzählte mir von der Orgel, auf der sie hatte spielen dürfen. In einer der schönsten Kathedralen der Welt! Sie klang, als hätte sie eine göttliche Offenbarung erlebt.«

»Aber jetzt ist sie tot. Das war der Stress. Sie hat das nicht ausgehalten. Und das Schlimmste ist …« Lou musste schlucken. »Das Schlimmste ist, dass ich schon seit Grigny das Gefühl hatte, es geht ihr nicht gut.«

Georges nickte und betrachtete die Landschaft, bewunderte, was Gott alles erschaffen hatte: Schönheit und Wunder im Übermaß. »Du hast recht, Loulou, es ging ihr nicht gut. Aber nicht erst seit Grigny. Sie hatte Krebs. Schon seit längerer Zeit. Ob der Stress die Krankheit angefacht oder im Gegenteil ihren Lebensmut gestärkt hat, werden wir nie herausfinden. Ich persönlich glaube, dass die Erlebnisse der letzten Wochen eine unendliche Bereicherung für sie waren. Nicht in erster Linie, weil sie erleben durfte, was sie erlebt hat, sondern weil sie noch einmal das Gefühl hatte, doch etwas zu bewirken. Denk nur, wie sie in die Tasten gehauen hat!« Sie mussten beide grinsen. »Da war keine Angst vor dem Tod, das war reine Freude am Dasein! Und die hast du ihr geschenkt.«

Solchermaßen getröstet, kutschierte Lou ihren alten Freund, den Pfarrer von Notre-Dame-de-Toute-Joie-à-Grigny, nach Notre-Dame-de-Bleaumont, wo er mit Freuden, heftigen Umarmungen, selbstgemachter Zitronenlimonade und einem Laib Bleu de Bleaumont empfangen wurde.

Das Begräbnis fand an einem Sonntagmorgen statt. Während im Dorf eine Frau mittleren Alters aus einem Taxi stieg und den Weg in die kleine Polizeistation suchte, läutete im Petit Frère noch einmal die kleinste Glocke, die Totenglocke, um weithin zu künden, dass es Zeit war, Schwester Sophie der Ewigkeit anzuvertrauen.

Auch die beiden Polizisten waren gerade dabei, aufzubrechen, und blickten erstaunt zur Tür, wo eine Fremde in einem Kostüm stand, das an die Borduniform der SNCF-Mitarbeiterinnen erinnerte. »Ja, bitte?«

»Bonjour, Messieurs«, grüßte sie und konnte ihre Verwunderung kaum verbergen, dass die Männer offensichtlich gerade im Begriff waren, den Posten zu verlassen, wo sie doch eingetroffen war. »Madame Fréteille. Justizverwaltung Grigny.«

Die beiden Männer horchten auf.

»Ich bin auf der Suche nach einer jungen Frau, die sich vorübergehend hier im Ort aufhalten soll.«

»Aha?«

»Können Sie mir behilflich sein?«

»Sie haben sicher einen Ausweis?«, hakte Lionel nach, der Ärger witterte.

»Selbstverständlich.« Sie ließ ihr Rollköfferchen los und zog einen Dienstausweis aus der Handtasche, die sie schräg über der Brust trug. »Nun?«

»Bon, Madame Fréteille. Sie ist Gast im Kloster. Und was erwarten Sie jetzt von uns?«

»Zunächst ein paar Auskünfte, wenn möglich. Und dann wäre es nett, wenn Sie mich vielleicht hinbringen könnten.«

»Zum Kloster?«

»Aber ja. Sofern sie dort wohnt. Mir scheint, Sie wissen ja, von wem ich spreche.« Sie hob eine Augenbraue und blickte von Lionel zu Fredo und zurück (wobei ihr die Schlange und der Totenkopf auf Fredos Hand nicht verborgen blieben).

»Gewiss, Madame. Sie können gleich mit uns mitkommen«, sagte Lionel, der sich entschieden hatte, seine Arbeit zu tun und also die Justizbehörde von Grigny in Gottes Namen bei ihrer Arbeit zu unterstützen, obwohl er allgemein kein besonderer Freund der Justiz war, weil sie stets die Falschen bestrafte, während sie die wahren Schurken geflissentlich laufen ließ oder gar nicht erst zur Kenntnis nahm.

Also nahm Madame Fréteille im Fond des Streifenwagens Platz, während ihr die beiden Polizisten erklärten, dass gegen die junge Frau aus Grigny nichts vorliege, dass sie sich vielmehr bisher vorbildlich verhalten habe und sogar der

Verdacht naheliege, dass sie beabsichtige, dauerhaft ins Kloster zu gehen – was die Justizbeamtin zu Fredos größtem Vergnügen mit äußerster Verblüffung vernahm.

Den größeren Teil der Strecke mussten sie dann jedoch zu Fuß zurücklegen, weil erstaunlich viele Menschen den Weg nach Notre-Dame-de-Bleaumont suchten, offenbar auch zahlreiche, die nicht aus der Gegend stammten. Gewiss, Schwester Sophie war beliebt gewesen. Aber niemand hatte im Ernst damit gerechnet, dass außer Georges noch ein Dutzend anderer Trauergäste aus Grigny auftauchen würde, ein Organist aus Chartres, einige Musiker und der Chefdirigent des Orchestre Philharmonique de Monte-Carlo, Abgesandte der Diözese, zwei schillernde Musikproduzenten aus dem Großraum Paris, ehemalige Go-go-Tänzerinnen, die plötzlich eine neue Perspektive in der Musikwelt gefunden hatten. Ein Imam aus Évry war erschienen, Fans ohne Zahl und sogar der Wagenmeister des Ritz in Paris! Auch Vertreter der Presse waren gekommen, samt Fotografen, und sogar ein kleines Filmteam (das man aber vorsorglich in die falsche Richtung, nämlich nach Bleaumont-sur-Bleau geschickt hatte, weil eine hellsichtige Bäuerin es pietätlos fand, dass das traurige Ereignis gefilmt würde). Es war ein langer Trauerzug, der sich die schmale Straße zum Kloster hinaufzog, und als sie ausstieg, meinte Madame Fréteille Gesänge zu hören, die keineswegs kirchlicher Natur waren. Die Kirche war so voll wie lange nicht. Georges hielt den Gottesdienst, Schwester Madeleine las aus dem Evangelium nach Lukas und Schwester Lucie sang. Eine Kantate von Bach, ganz ohne Begleitung. Zu »Unforgettable« setzte sich der Organist von Chartres ans verwaiste Klavier, und alle lauschten ergriffen diesem Duett. Als Schwester Lucie aber mit Dina, Lizzy und Jo »O Happy Day« anstimmte, fielen die Trauergäste nach und nach in den Gesang ein, fingen an zu klatschen und bildeten zuletzt einen Chor, der beinahe Tote hätte aufwecken können.

Leider nur beinahe. Weshalb der Sarg mit den sterblichen Überresten von Schwester Sophie, nachdem er mit Weihwasser und Räucherwerk gesegnet worden war, durch die dichtbesetzten Reihen nach draußen und hinüber auf den jahrhundertealten Gottesacker des Klosters getragen wurde. Monsieur Bertin bildete die Spitze der Sargträger, zu seiner Linken schritt Thierry, auch Ali gehörte zu den Trägern, ebenso wie zwei fromme Bauern aus der Nachbarschaft – und Monsieur Ibrahim, der sein Café in Grigny für ein paar Tage zugesperrt hatte, um Schwester Sophie die letzte Ehre zu geben.

Als Madame Fréteille eine Stunde später Zuflucht in dem kleinen verwunschenen Klostergarten suchte, um ihre Rührung zu bewältigen, traf sie dort eine junge Frau an, die offenbar den gleichen Gedanken gehabt hatte, vor der Menschenmenge geflohen war und nun, eine Zigarette rauchend, an einer kleinen Mauer stand und übers Land blickte. »Bonjour.«

»Bonjour«, sagte Lou.

»Hätten Sie auch eine für mich?«

»Bien sûr.« Sie gab ihr die, die sie schon zu rauchen angefangen hatte, und drehte sich eine neue. Die Kräuterzutaten hatte sie längst mit dem Tabak im Beutel vermischt. »Woher kannten Sie sie?«

»Wen?«

»Schwester Sophie.«

»Oh, ich kannte sie nicht. Ich bin beruflich hier.«

»Beruflich? Sind Sie von der Kirche?«

Die Fremde nahm einen tiefen Zug aus der Zigarette, hustete ein wenig und schüttelte den Kopf. »Nein. Justizverwaltung. Grigny. Das ist ...«

»Bei Paris. Ich weiß.«

»Hier ist eine junge Frau zu Gast.«

»Und?«

»Ich habe sie beim Gottesdienst und auf der Beerdigung beobachtet.«

»Ach ja?« Lous innere Alarmglocken schrillten. »Und hat sie etwas angestellt oder warum sind Sie hier?«

»Routineüberprüfung.«

Lou atmete auf, während die Justizbeamtin einen weiteren Zug aus der Zigarette nahm, die ihr zu schmecken schien.

»Ja. Die Liste der Vorwürfe ist lang. Drogenbesitz. Kleinere Eigentumsdelikte. Verbotene Prostitution ...«

»Verbotene was?« Also man konnte ihr ja viel vorwerfen, aber sie war definitiv nicht wegen Prostitution zu zwölf Wochen Klosterleben verknackt worden.

»Egal«, sagte die Frau, deren Blick mit einem Mal viel entspannter wirkte. »Sie ist zwar auf Bewährung draußen.« Ein weiterer Zug, ein Lächeln. »Und sie hätte sich seit drei Wochen bei der zuständigen Polizeistelle melden sollen.« Ein ganz ungewohntes Gefühl der Milde breitete sich in der Frau aus dem Norden aus. »Aber ganz im Ernst: Hier im Kloster, das ist doch wohl der beste Ort, an dem sich jemand aufhalten kann, der sein Leben in den Griff bringen muss. Finden Sie nicht?«

Lou musste zugeben, dass etwas dran war an dieser Feststellung. Ihre Verwirrung blieb. »Darf ich fragen, von wem Sie reden?«

Die Justizbeamtin zögerte, zog an ihrem Joint, besah sich das Ding, das schon zur Hälfte weg war, schüttelte leicht den Kopf. »Elisabeth Bata.«

Lou zuckte die Achseln. »Nie gehört«, sagte sie, völlig perplex, dass es gar nicht um sie ging, sondern um jemand anderen.

»Zuletzt hat sie als Tänzerin gearbeitet. Naja, was man so Tänzerin nennt, was?« Die Besucherin aus Grigny kicherte ein wenig und nahm wieder einen Zug.

»Lizzy«, flüsterte Lou.

»Wissen Sie was? Sagen Sie ihr nicht, dass ich da war. Ich sehe ja, dass sie ihr Leben in gute Bahnen bringen möchte. Und mit Ihrer Hilfe wird ihr das auch gelingen. War vielleicht nicht zu erwarten, aber wenn man sich ansieht, was sie bisher alles erlebt hat, dann war das eine einzige Katastrophe.«

Lou nickte. »Verstehe. Das Leben ist ja auch gepflastert mit Katastrophen.« Sie wusste, wovon sie sprach, und sie erinnerte sich gut, wie sie zum ersten Mal den Fuß in diesen Garten gesetzt und diese Wendung des Schicksals als die größte Katastrophe empfunden hatte. »Aber manchmal ist auch eine himmlische Katastrophe dabei.«

»Da sagen Sie was.«

VERLORENES

Es fiel Schwester Madeleine nicht leicht, sich an den Schreibtisch zu setzen, an dem Schwester Sophie so lange residiert hatte. Seit dem Tod der Äbtissin vor mehr als zehn Jahren hatte Sophie die Geschäfte des Klosters geführt und sich um den ganzen Papierkram gekümmert: Rechnungen, Verträge, interne oder externe Angelegenheiten, kirchliche oder weltliche Dinge.

Wochenlang waren sie unterwegs gewesen, Wochen, in denen die Welt nicht stehengeblieben war und auch die Post ihre Arbeit nicht eingestellt hatte. Entsprechend überraschte es Schwester Madeleine nicht, dass einiges zu erledigen war. Noch ehe sie den ersten Brief zur Hand nahm, fühlte sie sich schon ein wenig überfordert, als sie aber feststellte, dass es Post gab, die bereits seit Monaten ungeöffnet auf dem Schreibtisch lag, türmte sich die Aufgabe in geradezu epochaler Weise über ihr auf. »Und das soll ich nun alles erledigen«, murmelte sie und bekreuzigte sich unwillkürlich. Dann stand sie auf und zündete eine Kerze in der kleinen Nische des Büros an, wo ein Bild der Mutter Gottes an der Wand hing, unter dem eine Vase mit stets frischen Blumen aus dem Klostergarten stand. Auf die kleine Bank davor hatte sich Schwester Sophie in den letzten Jahren zu ihrem großen Bedauern nicht mehr hinknien können.

Eine Weile blickte Schwester Madeleine aus dem Fenster, wo sie zu ihrer unbeschreiblichen Freude Lou zusammen mit der neuen Novizin im Schatten der alten Platanen den Kreuzgang fegen sah. Die Uhr über der Tür schlug ein Viertel vor elf. Die Nonne schloss kurz die Augen und schickte ein stummes Gebet ganz nach oben, in der Hoffnung, dass der Adressat wenigstens seine Post öffnen und ihr seinerseits die nötige Kraft senden möge. Dann öffnete sie das Fenster, rief ihre Nichte und winkte ihr, heraufzukommen.

Wenige Augenblicke später trat Lou ein. »Tante Madeleine, was kann ich für dich tun?«

»Ach Lou, du bist doch so ein Organisationstalent«, sagte die Schwester. »Könntest du mir ein wenig zur Hand gehen? Ich muss mich einarbeiten und dieses ganze Zeug in den Griff bekommen. Leider verstehe ich überhaupt nichts von Organisation.«

»Du organisierst doch standig, Tante. Sieh nur deinen Garten an. Hunderte von Pflanzen. Und jede muss zu einer anderen Zeit gedüngt, gegossen, geschnitten werden. Geerntet ...«

Schwester Madeleine lächelte. »Ich freue mich, dass du das erkannt hast. Büroarbeit ist aber doch etwas ganz anderes. Und du hast unsere Sachen so unglaublich gut organisiert in den letzten Wochen ...« Der flehende Blick der alten Dame hätte Godzilla zur Mitarbeit bewegt. »Klar«, sagte Lou. »Ich helfe dir.«

Und dann nahmen sie sich gemeinsam die Post vor und sortierten sie. Rechnungen, natürlich. Bittbriefe von Gläubigen, die auf die Fürsprache der Nonnen hofften. Mahnungen der Elektrizitätswerke und der Telefongesellschaft. Mehrere Schreiben der Bank. Ein Brief von einem Gericht in Grigny.

»Grigny?«, sagte Schwester Madeleine. »Haben wir etwas angestellt?« Doch ein Blick auf den Poststempel zeigte ihr, dass das Schreiben schon beinahe ein Vierteljahr alt war. Schwester Sophie hatte es bereits geöffnet.

Sehr geehrte Damen und Herren,

hiermit teilen wir Ihnen einen Beschluss der Zweiten Kammer des Strafgerichts Grigny mit, wonach die zu einer Freiheitsstrafe von 6 Monaten verurteilte Louise Madeleine Prevost eine Bewährungsauflage akzeptiert hat. Gemäß dieser Auflage hat sie für die Dauer von zwölf Wochen in einem Kloster zu leben und am klösterlichen Alltag teilzunehmen. Verstößt sie gegen diese Auflagen …

»Madeleine? Du heißt mit zweitem Vornamen Madeleine?«, sagte die Nonne leise. »Das hätte ich Serge gar nicht zugetraut.« Sie reichte ihrer Nichte den Brief.

»Kanntest du das Schreiben?«, fragte Lou, die das Gefühl hatte, der Boden würde ihr unter den Füßen weggezogen. Nervös griff sie nach der Kaugummipackung: leer.

»Nein. Du?«

»Aber es war geöffnet.«

»Nun, Schwester Sophie hat es offenbar gekannt.«

»Und es hat ihr nichts ausgemacht?«

»Ich nehme an, das hat es nicht.«

»Und du?«

»Was, ich?«

»Macht es dir nichts aus?«

Schwester Madeleine griff nach einem anderen Brief, der aus der Fülle der Post herausstach. »Nein. Zwölf Wochen sind inzwischen um. Wir waren zwar nicht ständig hier. Aber ich nehme an, das Zusammenleben mit drei alten Nonnen gilt im Sinne dieser Auflage auch.«

»Du bist enttäuscht.«

»Enttäuscht? Im Gegenteil. Ich bin froh, dass du gekommen bist. Ich bin dankbar, dass wir Freundinnen werden konnten.«

»Fühlst du dich nicht betrogen?«

»Um Himmels willen, betrogen! Weshalb sollte ich? Hast du nicht vom ersten Augenblick an gesagt, du sollst ein paar Tage bei uns bleiben?«

»Hm.«

»Ich bin jedenfalls glücklich, dass wir gemeinsam so viel Schönes erleben konnten, du, die Mitschwestern und ich. Das war ein Gewinn für uns alle.«

Lou nickte. »Bof. Ich gebe zu, für mich war's einer.« Sie steckte den Brief des Gerichts in ihren Hosenbund und atmete erleichtert durch. »Ein Schreiben aus Rom«, sagte Schwester Madeleine plötzlich mit gepresster Stimme.

»Von eurem Chef? Dem Papst?«

»Vermutlich nicht von ihm persönlich. Aber es kommt aus dem Vatikan.« Mit zitternden Händen versuchte die alte Dame den Brief zu öffnen, scheiterte und reichte ihn ihrer Nichte. »Bitte mach du ihn auf.«

Lou war erstaunt, wie nervös ein Schreiben aus Rom die Nonne machte, wenn man bedachte, wie dramatisch sich die Rechnungen und Mahnungen auf dem Stapel türmten.

Liebe Schwestern von Notre-Dame-de-Bleaumont!

Gesegnet sei Gott! Wir hoffen, Sie sind alle wohlauf und das klösterliche Leben schenkt Ihnen Frieden und Gottvertrauen. Leider ist es unsere Pflicht, Ihnen heute mitzuteilen, dass das Kloster zu Notre-Dame-de-Bleaumont mit Ende des Jahres aufgehoben wird. Nach Jahrhunderten, in denen Ihr Orden segensreich vor Ort wirken durfte, kann der Betrieb lei-

der nicht mehr aufrechterhalten werden. Wie Sie wissen, trägt sich das Kloster seit etlichen Jahren nicht mehr. Neue Schwestern, die ihr Leben dem HERRN weihen und in Christi Namen in den Orden eintreten, gibt es in Notre-Dame-de-Bleaumont seit langer Zeit nicht mehr. Daher hat die Verwaltung des Heiligen Stuhls entschieden, die alte Abtei in Bleaumont aufzulösen und Sie den Klöstern in Dijon und Aude zuzuweisen. Zur Regelung der näheren Details wird sich im Laufe des Jahres ein Abgesandter der Diözese bei Ihnen melden.

Wir bedauern, Ihnen diese schmerzliche Mitteilung machen zu müssen. Doch im Vertrauen auf den HERRN und im Glauben an die Heilige katholische Kirche wird Ihnen auch auf Ihrem zukünftigen Lebensweg Heil und Segen zuteilwerden.

Mit den besten Grüßen und dem Segen des Heiligen Vaters
Im Namen des HERRN
+Thomas (Abt)

Traurig blickte Schwester Madeleine auf Lizzy, die sich so gut in die Gemeinschaft eingefunden hatte, die glücklich schien und das Leben im Kloster in wenigen Tagen so sehr bereichert hatte. Es würde keine Zukunft in Notre-Dame-de-Bleaumont für sie geben. Schwester Madeleine brachte es nicht über sich, es ihr zu sagen. Sie würde es ihr morgen oder übermorgen mitteilen. Auch Schwester Lucie. Was machte es schon für einen Unterschied, ob sie es jetzt oder ein paar Tage später erfuhren. Nach der Abendandacht und der Lesung – an diesem Tag von Lou, die eine Stelle aus dem Evangelium nach Johannes ausgewählt hatte – zog Schwester Madeleine sich nicht in ihre Zelle zurück, sondern streifte noch ein wenig durch die leeren Flure und Räume des Klosters. Einst hatten Gefährtinnen hier gewohnt, die wie sie ihr Leben dem Herrn gewidmet und allem Weltlichen entsagt hatten. Manche waren gute Freundinnen geworden, anderen war man mit Respekt, aber mit etwas weniger Nächstenliebe begegnet. Es hatte Schwestern gegeben, die an der Einsamkeit in der Gemeinschaft verzweifelt waren, und solche, die ganz darin aufgegangen waren. Und jede einzelne hatte ihre Eigenheiten, ihre persönlichen Talente und Schwierigkeiten gehabt. Trotz der Gleichförmigkeit, mit der das Leben hinter diesen Mauern für alle Bewohnerinnen verlief, hatte die Einmaligkeit, die Gott jedem Menschen einhauchte, dafür gesorgt, dass jedes Problem und jede Lösung, dass jedes Leben hier einzigartig war und immer sein würde.

Es war ein milder Sommerabend, das Burgund lag freundlich und stolz vor ihr, als Schwester Madeleine am Rande ihres Kräutergartens stand und über die Hügel blickte. Wie sehr würde sie diesen Blick vermissen! Sie konnte sich nicht vorstellen, an einem anderen Ort der Welt zu leben. Nach den Erlebnissen und Erfahrungen der zurückliegenden Wochen noch viel weniger. Gewiss, sie hatte die Lebensfreude von Kampala kennengelernt und das Temperament von Guatemala. Sie hatte das Licht von Tunis geliebt und das Zwielicht von Grigny. Und doch war es, als sei sie selbst über die Jahre zu einer Pflanze des Burgund geworden, als gäbe es unsichtbare Wurzeln, die sie mit diesem Flecken Erde verflochten hatten. Sie würde es nicht verwinden, Notre-Dame-de-Bleaumont zu verlassen.

»Eine für dich?«, fragte Lou, die unbemerkt neben sie getreten war, und hielt ihr eine Zigarette hin.

»Danke. Ich glaube, ich möchte nüchtern bleiben.«

»Bleibst du. Ich habe mein letztes Gras für so eine Justiztante aus Grigny gedreht.«

»Justiztante? Sie haben deinetwegen jemanden hierher-
geschickt?«

Lou schüttelte den Kopf. »Nicht meinetwegen.« Sie zögerte kurz. »Aber macht es einen Unterschied?«

»Nein. Offensichtlich hatte sie nichts auszusetzen hier.«

Schweigend standen sie nebeneinander und ließen die-
sen wundervollen, traurigen Abend auf sich wirken, bis es
Schwester Madeleine zu kühl wurde und sie den Arm um
Lous Schultern legte: »Lass uns wieder reingehen und ein
Glas Limonade trinken.«

Wer wusste schon, wie oft sie das noch gemeinsam tun
würden.

Während Schwester Madeleine sich in ihre Zelle zurückzog,
beschloss Lou, noch ein wenig Büroarbeit zu machen. Wenn
die Zeit, die ihnen hier blieb, so endlich war, dann sollten
sie lieber angehen, was zu tun war. Denn so viel war ihr klar:
Die beiden alten Damen würden ihr Haus gut bestellt übergeben wollen. Und ebenfalls klar war: Ohne Hilfe würden
sie das nicht schaffen.

Der Brief aus dem Vatikan lag noch offen da, als hätte sich
jemand an ihm die Hände verbrannt. Solch eine bittere Nachricht in solch freundliche Worte verpackt. Man hatte weder
um eine Stellungnahme gebeten, noch wollte man die Schwestern dazu hören, was mit ihrer Heimat geschehen sollte, dem
Ort, dem sie ihr ganzes Dasein gewidmet hatten. Niemand
interessierte sich für sie!

Daneben ein Stapel immer noch ungeöffneter Bankbriefe. Seufzend riss Lou einen Umschlag nach dem anderen auf, blickte auf die Daten und sortierte sie alle nach ihrem Eingang, beginnend bei einer Mitteilung:

Sehr geehrte Kontoinhaberin, sehr geehrter Kontoinhaber,
leider mussten wir in den letzten Monaten mehrfach zum Teil erhebliche Überziehungen Ihres Bankkontos feststellen, die nicht von Ihrem Kreditrahmen gedeckt waren bzw. sind. Kulanzhalber haben wir auf unverzüglichen Ausgleich der Verbindlichkeiten verzichtet. Allerdings müssen wir Ihnen mitteilen, dass wir mit Datum dieses Schreibens den Überziehungszins anpassen werden. Er beträgt bis auf Weiteres 16,8 % p. a. bis zu einem Überziehungsbetrag von € 5 000,– bzw. 23,3 % darüber hinaus.
Sollten Sie Fragen zu Ihrem Kontostand, den Sollzinsen oder der Möglichkeit einer Umschuldung haben, nehmen Sie bitte Kontakt zu Ihrem Kunden-Center in Beaune auf oder …

Wütend knallte Lou den Brief auf den Tisch. Natürlich wusste sie, dass es Diebstahl gab, für den man bestraft wurde (das war in der Regel der kleine, bei dem es um Dinge von geringem Wert ging), und solchen, mit dem man ungeschoren davonkam. Banken waren darin Weltmeister. Aber die Dreistigkeit, mit der hier ein paar geldgierige Manager in ihren Maßanzügen ein armes kleines Kloster und seine alten Nonnen aussaugten, war ein Skandal!
Der nächste Schrieb der Bank war ein Kontoauszug, und er sah wirklich erschütternd aus. Wie hatten drei alte Da-

men nur solche Schulden anhäufen können! Andererseits: Wenn man sich den Zinssatz ansah, dann war das ja nicht allzu schwer.

Mit jedem weiteren Auszug ging es weiter abwärts, Kleinbetrag häufte sich auf Kleinbetrag, Zins sich auf Zins – und es kam ganz einfach nichts rein! Woher auch.

Ein Lichtblick am 14. Mai: Monsieur Bertin hatte seine Pacht bezahlt. Zwei Tage später die Bezahlung einer Rechnung der Gemeinde wegen Entwässerungsarbeiten, was immer das gewesen war. Die Pachteinnahmen waren mehr als aufgezehrt. Eine Lieferung aus einer Ziegelei bei Dijon, aber keine Handwerkerrechnung. Vermutlich hatte jemand sich bereit erklärt, Ausbesserungsarbeiten für Gottes Lohn vorzunehmen. Lou glaubte auch, einen Teil der Dachfläche hellrot leuchten gesehen zu haben, da waren offensichtlich einige Quadratmeter neu eingedeckt worden. Strom, Wasser, Kohle … Die Talfahrt des Kontostands ging Woche für Woche ungemindert weiter – bis im letzten Monat plötzlich eine größere Zahlung einging: »Abrechnung No. EGH01« stand im Betreff.

»EGH01?«, murmelte Lou und versuchte vergeblich, sich einen Reim darauf zu machen. Aber immerhin: € 3 220,–. Das half, wenn es auch nur ein Tropfen auf den heißen Stein war. Doch es blieb nicht bei diesem einen Tropfen. Schon eine Woche später ein weiterer Zahlungseingang, € 4 050,– unter dem Betreff »Abrechnung No. EGH02«. Hektisch blätterte Lou die restlichen Bankauszüge durch und schnappte nach Luft. Es gab sieben weitere Zahlungseingänge, jeder höher als der vorangegangene. Zuletzt stand ein Betrag von über hunderttausend Euro auf dem Konto: auf der Habenseite! »Sie sind reich!«, keuchte Lou. »Die Schwestern sind reich!«

EGH. Natürlich. Lou schüttelte den Kopf und grinste. Irgendwo in diesem riesigen Stapel Post mussten die Abrechnungen sein. Sie suchte. Und fand. Absender: Ali Music, Grigny. Klar. Dafür hatten sie das alles schließlich gemacht. EGH war nichts anderes als die Abkürzung für den Bandnamen: Ein göttlicher Harem. Neun Abrechnungen waren eingegangen. Ali hatte gleich nach jedem Konzert abgerechnet, in zwei Fällen sogar doppelt, weil ein Teil der Erlöse erst verzögert eingegangen war. Lou war so glücklich, dass sie lachen und heulen zugleich musste. Am liebsten hätte sie sofort ihre Tante und Lucie geweckt und ihnen erzählt, dass alles gut geworden war. Aber dann fand sie, dass man den wiedergewonnenen Frieden nicht mit einer gestörten Nachtruhe beginnen sollte. Die frohe Botschaft würde sie am nächsten Morgen verkünden. Und bis dahin noch ein wenig weiter an einer glücklichen Wendung des Schicksals arbeiten. Jetzt, wo sich auf so unglaubliche und wunderbare Weise zeigte, dass es eben nicht vergeblich war, wenn man sich für andere einsetzte.

Die Telefonrechnung hatte sie darauf gebracht, dass es hier ein Telefon geben musste. Erst daraufhin hatte sie den Apparat, der – mit Gabel, knochenförmigem Hörer und Wählscheibe – vor ihr stand, als Telekommunikationsmittel wahrgenommen. Nach einigen vergeblichen Versuchen klappte es sogar mit einem Ferngespräch: »Ali? Gut, dass ich dich erreiche …«

Etwas später nahm sie einen Bogen Briefpapier aus Schwester Sophies altem Schreibtisch, an dem schon so viele Generationen von Frauen gearbeitet hatten, um zum ersten Mal in ihrem Leben eine Art Geschäftsbrief zu formulieren:

Liebe Brüder beim Heiligen Stuhl, lieber Abt Thomas,
    mit großem Dank haben wir Eure guten Grüße und Wünsche entgegengenommen, auch wenn uns Eure Nachricht überrascht hat. Es scheint ein Irrtum vorzuliegen: Notre-Dame-de-Bleaumont ist nicht überschuldet oder unrentabel. Dank vielfältiger Anstrengungen und einer langfristigen Strategie ist es uns gelungen, in diesem Jahr aus den roten Zahlen zu kommen und einen deutlichen Überschuss zu erwirtschaften. Einen Teil davon werden wir in den nächsten Tagen an …

An dieser Stelle musste Lou noch einmal nachsehen, wie die Institution hieß, die angeblich jemanden vorbeischicken sollte:

… an die Diözesanverwaltung überweisen.

Zufrieden lehnte sie sich zurück. Noch ein bisschen Blabla und scheinheilige Floskeln, ein paar Grüße »im Namen des HERRN« – und dann sollte Tante Madeleine den Schrieb unterzeichnen. Der Verwaltungsfuzzi von der Diözese (was immer das für ein Laden war) sollte sich zum Teufel … nein, er sollte bleiben, wo der Pfeffer wächst.

VERZEIHLICHES

Der Morgen dämmerte über den Hügeln, als sich Schwester Madeleine von ihrem Nachtlager erhob, doch während der Petit Frère bereits rotgolden erstrahlte, lag das Tal und mit ihm das alte Klostergebäude noch im tiefen Schatten. Zum ersten Mal seit langer Zeit fand die Nonne kaum die Kraft, aufzustehen und das uralte Räderwerk von Notre-Dame-de-Bleaumont in Gang zu setzen, wie sie es so viele Jahre lang getan hatte. Mit schweren, müden Knochen schleppte sie sich zunächst zu Schwester Sophies Kammer, wo sie innehielt und über ihren Irrtum ein Schluchzen unterdrücken musste. Doch dann fand sie Trost in dem Gedanken, dass an die Stelle der alten Freundin eine neue getreten war: Lizzy. Zuerst aber weckte sie Schwester Lucie, die offenbar ebenfalls wach gelegen und eine harte Nacht verbracht hatte – sie schien optisch um Jahre gealtert, sofern das noch möglich war.

»Gelobet sei Gott der Herr«, krächzte Schwester Madeleine.

»In Ewigkeit Amen«, erwiderte Schwester Lucie und bekreuzigte sich.

Das gleiche Ritual vollzog die alte Nonne mit Lizzy, um schließlich Lou zu wecken, die kaum aus den Federn kam. »Guten Morgen, meine Liebe«, grüßte Schwester Madeleine.

»Morgen«, murmelte Lou, um einen Augenblick später aus ihrem Bett zu springen, als hätte sie ein Stromschlag erwischt. »Tante Madeleine, es gibt gute Nachrichten!«

Die alte Dame lächelte milde. Angesichts der Umstände

waren gute Nachrichten etwas sehr Relatives. »Später, Lou. Später.«

»Aber …«

»Lass uns nach der Morgenandacht darüber sprechen.«

Sie weckte noch Georges, der an diesem Tag abzureisen gedachte, aber noch an dem kleinen Gottesdienst teilnehmen wollte. Dann ging sie in die Küche, um für alle Kaffee aufzusetzen, ein liebgewonnenes Ritual, während Schwester Lucie in die Kapelle eilte, um die Kerzen anzuzünden und alles vorzubereiten.

Die Morgenandacht hatte etwas sehr Tiefes, Bewegendes an diesem Tag, und es mag Zufall oder ein Wink des Himmels gewesen sein, dass ein Sonnenstrahl genau in dem Moment durch die hohen Fenster auf die Schwestern fiel, in dem sie niederknieten. Solchermaßen erleuchtet, beteten sie zum allmächtigen Gott und bemerkten nicht, dass sich Lou hereingeschlichen hatte und ausnahmsweise dem Gottesdienst beiwohnte. Sie kniete nicht, bekreuzigte sich nicht, aber als die Schwestern ihr Gebet beendeten, formten auch ihre Lippen leise das Wörtchen »Amen«. Nach den gemeinsamen Erlebnissen der vergangenen Wochen fühlte sie sich den alten Damen sehr verbunden. Sie waren ihr richtig ans Herz gewachsen in ihrem verzweifelten Bemühen, ihre kleine heile Welt am Leben zu halten, aber auch durch das Gottvertrauen und ihren unbedingten Einsatz, wie schwer die Anforderungen auch waren.

Georges zitierte einige Verse aus der Bibel, gemeinsam murmelten sie das »Geheimnis des Glaubens«, und Lou war gewiss nicht die Einzige, die dabei an Schwester Sophie dachte. Nach einer Minute des Schweigens erhob sich die kleine Gemeinde, um hinüber in die Küche zum Frühstück zu gehen.

»Du hast gute Nachrichten, Lou«, sagte Schwester Madeleine, während sie allen Kaffee einschenkte.

»Gute Nachrichten?« Schwester Lucie zeigte ihre Zahnlücke. »Die können wir brauchen.«

»Also«, fing Lou an und blickte in die gespannten Gesichter der anderen. »So wie es aussieht, müsst ihr Notre-Dame nicht verlassen.« Niemand erwiderte etwas. Georges hatte eine Augenbraue gehoben, Lizzy, die in dem riesigen Fundus des Klosters eine gut passende Tracht gefunden hatte, rang die Hände, die beiden Schwestern hielten in der Bewegung inne. Lou nickte. »So wie es aussieht, seid ihr reich.«

Schwester Madeleine atmete auf. »Das sind wir, Lou. Wir sind reich an Liebe und Lebensfreude, an Glauben und Dankbarkeit. Nur Geld haben wir leider keines. Und darauf kommt es den Herren in Rom an.«

Lou zog einen mehrfach gefalteten Zettel aus ihrer Hosentasche: einen Kontoauszug. »Im Moment habt ihr ziemlich genau einhundertsiebzehntausendvierhundertzehn Euro. Und wenn meine Infos stimmen, kommt noch mal eine ähnlich hohe Summe dazu.« Sie legte das Dokument auf den Tisch und zog aus der anderen Hosentasche einen anderen Zettel: den Entwurf für das Schreiben an den Vatikan. »Ich habe schon mal einen Antwortbrief verfasst. Bitteschön. Die wären ja blöd, wenn sie ein so wertvolles Kloster schließen würden.«

Nun, sie *wären* es nicht nur gewesen, sie *waren* es auch. Wer jemals erfahren hat, wie unerbittlich Behörden selbst an den unsinnigsten Beschlüssen und Verordnungen festhielten, vermag unschwer zu erahnen, dass eine Verwaltung, die auf eine beinahe zweitausendjährige Geschichte zurückblickt, bei der Korrektur von Fehlern nicht die Flexibilität aufweist, die sich nach in Menschenleben zu messenden Maßstäben bewegt. Das Kloster zu Notre-Dame-de-Bleaumont wurde aufgelöst, die Liegenschaft zum Verkauf ausgeschrieben, die Schwestern anderen Klöstern desselben Ordens zugewiesen. – Nur dass sie dort niemals ankamen. Doch das war nicht das Einzige, worüber man sich in der Diözese in Dijon wunderte. Auch wie schnell dieses vermeintlich so schwer verkäufliche, da arg in die Jahre und deshalb ziemlich heruntergekommene Objekt einen Käufer fand, erstaunte, zumal es sich nicht einmal um einen der örtlichen Winzer handelte (was nicht überraschte, da die zum Kloster gehörenden Ländereien hauptsächlich an den Nordhängen der Hügel lagen). Vielmehr hatte sich ein Investor aus dem Großraum Paris gefunden, der – ohne den Grund und den Altbestand überhaupt zu besichtigen – mit seinem Angebot über dem Erwarteten lag, sodass man sich entschieden hatte, nicht lange zu zögern.

Und so entschwand Notre-Dame-de-Bleaumont samt seiner wenigen Bewohnerinnen und dem berühmten Bleu vom Bildschirm der heiligen Mutter Kirche und geriet in Vergessenheit, im Krimi hätte man gesagt: noch ehe die Leiche kalt war.

Dass indes die Leiche lebte, und zwar voll Freude, Dankbarkeit und Musikalität, darüber wussten nur einige wenige Eingeweihte Bescheid: die alten Schwestern, die neue Novizin, eine junge Frau aus Grigny, die mit ihrem Freund (einem sehr eleganten jungen Mann, den man schon mal gesehen zu haben glaubte) öfter zu Besuch kam, ein Musikproduzent, der seinen absurden Aristokratennamen hinter einer ebenso absurden Abkürzung verbarg, und eine Pfarrer aus der Banlieue, der sich dem alten Gemäuer und seinen jugendlich-engagierten Bewohnerinnen zutiefst verbunden fühlte und ebenfalls bisweilen seine Aufwartung machte, mitunter sogar samt seiner bemerkenswert großen Familie.

Das ehemalige Kloster erwies sich als der ideale Ort, um ein kleines Hideaway für gestresste Großstädter, ein Tonstudio für ungestörte Aufnahmen, ein Premium-Label für exquisite Kräuter und – nicht zuletzt – ein Kloster einzurichten: einen Ort der Besinnung in einer so besinnungslosen Welt, ein Zuhause für drei Frauen (es würden sich noch weitere anschließen und sogar zwei Männer aus Ghana den Weg dorthin, vor allem aber ihre Schwester wiederfinden, doch das ist eine andere Geschichte), die hier nach den überkommenen Regeln einer Gemeinschaft lebten, die einst in diesen Mauern beheimatet gewesen war. Dass der kirchliche Segen für diese Neugründung fehlte? Tant pis oder wie Ali gesagt hätte: Who cares? Als offizieller neuer Besitzer des alten Klosters konnte und wollte er den Bräuten Christi nicht verbieten, hier als göttlicher Harem zu leben – schon gar nicht, da es ihr Geld war, mit dem er Notre-Dame-de-Bleaumont erworben hatte und nun nach und nach wieder instand setzte.

Bleibt die entscheidende Frage, was aus dem Bleu de Bleaumont wurde! Nun, auch sein Dasein mündete in ein Happy End: Die Brotkur war ihm gut bekommen, der Schimmel hatte sich als das Tüpfelchen auf dem i erwiesen, die Verkäufe zogen seither kontinuierlich an, und die gesamte Familie Bertin (einschließlich der Tochter, die sich zwischenzeitlich umentschieden und dem Sohn des Garagenbesitzers den Laufpass gegeben hatte) war in die Produktion eingestiegen, weshalb Schwester Lucie nun öfter ihrer Leidenschaft nachgeben und im Duett mit ihrer jungen Mitschwester Lizzy ihre Zahnlücke zeigen konnte. Die Wege des Herrn sind eben nicht nur unergründlich, sie sind vor allem immer wieder wundervoll. Oder wie Schwester Lucie es so treffend ausgedrückt hatte: »Mit Gottes Hilfe sind selbst Wunder möglich.«

AMEN.

Ein modernes Märchen in heiter-poetischem Ton

Eine kleine Buchhandlung im Londoner Stadtteil Mayfair. Mrs Annetta Robington hat sich in einem faszinierenden Buch über Pinguine festgelesen und darüber die Zeit vergessen. Beim Verlassen des Ladens macht sie plötzlich eine unglaubliche Entdeckung: Der Buchhändler ist ein Pinguin! Der alte Herr dementiert, gibt dann aber doch zu: Ja, er ist ein Pinguin – einer von vielen, die meist unerkannt unter den Menschen leben.
Ein Cellist mit buschigen Augenbrauen, ein Portier in vollendeter Haltung, ein Opernbesucher im Frack … Nun sieht Mrs Robington allerorten Pinguine.
Als das Geheimnis der liebenswerten Species aufzufliegen droht, ist Mrs Robingtons große Stunde gekommen. Mit einem raffinierten Plan setzt sie alles daran, die Vögel zu retten …

Eine herzerwärmende Geschichte mit zauberhaften Illustrationen von Isabel Pin in Geschenkbuchausstattung.

Thomas Montasser, Der Sommer der Pinguine. Roman. Illustriert von Isabel Pin. Gebunden. insel taschenbuch 4646. 143 Seiten.

NF 479/1/4.19

Willkommen im Theater der Träume!

Keinen Job, keinen Freund, keine Perspektive – das ist die nicht gerade erfreuliche Bilanz, als Romy in ihr winziges Dorf im schönsten Nirgendwo heimkehrt. Als Schauspielerin gescheitert, umgeben von schrulligen Alten, fasst sie einen tollkühnen Plan: Sie wird aus ihrer Scheune ein elisabethanisches Theater bauen. Und *Romeo & Julia* aufführen. Mit den Alten aus ihrem Dorf. Sie haben kein Geld, keine Erfahrung, aber einen Star: Ben, Herzensbrecher und liebenswerter Dilettant, dessen größter Erfolg ein Waschmittelspot war …

Andreas Izquierdo, Romeo & Romy. Roman. insel taschenbuch 4575. 490 Seiten

»Das Herz einer alten Frau hat viele Geheimnisse.«

»*Dame in den besten Jahren sucht Kavalier, der sie zum Nacktbadestrand fährt. Entgeltung garantiert.*« – Hedy von Pyritz, 88 Jahre, diszipliniert, scharfzüngig, eitel, sorgt mit einer Annonce in der örtlichen Tageszeitung für einen handfesten Skandal in ihrem beschaulichen Städtchen im Münsterland. Aber Fräulein Hedy bleibt unbeirrt: Sie wird ihren Willen durchsetzen! Basta! Kurzerhand bestimmt sie ihren schüchternen Physiotherapeuten Jan zu ihrem Fahrer. Hedy hat einen herrlichen Oldtimer, Jan keinen Führerschein, dafür aber ein offenes Ohr für Hedys wilde Lebensgeschichten. Und je mehr Geheimnisse sie ihm aus ihrer schillernden Vergangenheit anvertraut, desto stärker verändert sie damit seine Zukunft …

»Ein Wohlfühlroman als auch ein Drama, eine Geschichte über eine außergewöhnliche Freundschaft, die fesselt, die manchmal mitreißt, manchmal einfach nur schön ist mit zwei Hauptfiguren, die uns Lesern so sehr ans Herz wachsen, dass wir sie gar nicht mehr loslassen möchten. Absolutes Lieblingsbuchpotential!« *Cathrin Brackmann, WDR*

Andreas Izquierdo, Fräulein Hedy träumt vom Fliegen. Roman. insel taschenbuch 4609. 524 Seiten.

Das Glück ist eine Reise

Kratzbürstige Berlinerin die eine, norddeutsche Kleinstädterin mit einer Vorliebe für Yoga und Handarbeiten die andere: Außer einer gegenseitigen tiefen Abneigung haben Edith Scholz und Christel Jacobi nichts miteinander am Hut – dennoch lassen sich die beiden 70-Jährigen auf ein Abenteuer ein, das sie quer durch Deutschland führt.

»Frei sein heißt allein sein können«, ist die verwitwete Edith Scholz überzeugt, die in ihrer Berliner Mietwohnung mit einer Zigarette und hin und wieder einem Gläschen Schnaps ganz zufrieden ist. Doch ein Sturz macht ihr einen Strich durch die Rechnung – Frau Scholz muss zur Reha nach Usedom. Was im Grunde recht erholsam sein könnte. Wäre da nicht Christel Jacobi, ihre viel zu freundliche und esoterische Zimmernachbarin: »Wir alten Weiber – wir müssen doch zusammenhalten«, meint die, überschüttet die knurrige Frau Scholz mit Freundlichkeiten und schafft es schließlich sogar, sie zu ihrer Verbündeten zu machen. Denn Christel Jacobi will sich nicht länger dem Willen ihrer Familie beugen, sondern endlich mal ein Abenteuer erleben, bevor es zu spät ist ...

Sarah Schmidt, Weit weg ist anders. Roman. insel taschenbuch 4556. 261 Seiten.

NF 387/1/3.18

»Poetisch und witzig!« *Woman*

Paulina Neblo war gefeierte Tänzerin und erfolgreiche Choreographin, die Männer lagen ihr zu Füßen, sie hatte eine wundervolle Tochter und eine erfüllte Ehe. Als ihr Mann bei einem Autounfall ums Leben kommt und kurz darauf ihre Tochter stirbt, zieht sie sich aus dem Leben zurück – bis sie mit 70 Jahren beschließt, der scheinbaren Zukunftslosigkeit des Alters trotzig die Stirn zu bieten: Auf einem Laptop beginnt sie, Tagebuch zu schreiben und dabei über ihr Leben zu sinnieren …

Erika Pluhar hat ein berührendes Portrait einer kompromisslosen Frau geschrieben, die im Alter die Liebe und das Leben wiederfindet.

Erika Pluhar, Spätes Tagebuch. Roman. insel taschenbuch 4091. 219 Seiten

NF 157 / 1 / 8.12

**Eine dramatische Familien-
geschichte**

Ein malerischer Ort in der Provence, unweit der Parfümstadt
Grasse. Doch Julia kann die Schönheit der Landschaft nicht genießen: Ihr Leben ist aus den Fugen geraten, und sie ist auf der
Suche nach Wahrheit hierhergekommen …
Nach dem tragischen Unfalltod ihrer Mutter entdeckt Julia in einem geheimen Schließfach ein Paket mit dem Lieblingsparfüm
ihrer Mutter, daneben einen Liebesbrief. Absender: ein Parfümeur
aus der Provence. Was hat das zu bedeuten?
Kurzentschlossen macht Julia sich auf die Reise in den Süden Frankreichs. Unter der angegebenen Adresse trifft sie auf den Sohn des
inzwischen ebenfalls verstorbenen Parfümeurs. In Nicolas findet
sie einen verständnisvollen Freund, der ihr Zuversicht schenkt – und
Liebe. Doch sie kommen einem unglaublichen Familiengeheimnis
auf die Spur …
Ein fesselnder Roman über die Macht des Schicksals, die Kraft der
Liebe, den Mut zum Neuanfang.

Gabriele Diechler, Lavendelträume. Roman. insel taschenbuch 4650. Ca. 320 Seiten.

Auf die Katze gekommen!

Schwere Zeiten für die Krimiautorin Nora: die Mutter gestorben, der Lebensgefährte auf und davon. Da kommt ihr die Einladung in ein Cottage an der Küste Cornwalls gerade recht. Endlich alles hinter sich lassen, Spaziergänge durch leuchtend bunte Blumenwiesen, Sonnenuntergänge am Strand und in Ruhe schreiben – wunderbare Aussichten!
Doch wieder einmal macht das Leben ihr einen Strich durch die Rechnung. Ein kleiner Kater, den sie von einer Klippe rettet, weicht ihr fortan nicht mehr von der Seite. Immer wieder schmuggelt er sich heimlich ins Haus und wirbelt ihren Alltag durcheinander. Mit dem neuen Manuskript geht es auch nicht wie erhofft voran. Es ist zum Verzweifeln – wäre da nicht Phil, der nette, gut aussehende Nachbar, der immer wieder seine Hilfe anbietet …

Hermien Stellmacher, Cottage mit Kater. Roman. insel taschenbuch 4388. 255 Seiten.

Konny und Kriemhild, beide über sechzig, führen nicht sonderlich erfolgreich eine Pension in der Provinz. Eines Tages wird die Idylle durch einen Mord gestört – und die Schwestern entpuppen sich als wahre Meisterdetektivinnen …

In die Beschaulichkeit der Bed-&-Breakfast-Pension der Schwestern Konny und Kriemhild platzt eine Band junger Musiker, die den Haushalt ordentlich auf den Kopf stellt – bis einer von ihnen tot aufgefunden wird.

Hat der Gärtner den Gast versehentlich mit seinem Aufsitzrasenmäher umgefahren? War es wirklich ein Unfall? Oder nicht doch Mord? Kurzentschlossen nehmen die Schwestern die Ermittlungen selbst in die Hand – ihr Haus, ihre Regeln.

All das vor den Augen eines zufällig anwesenden Hotelkritikers. Und der Pensionskatze: dem unsäglich hässlichen Sphynx-Kater Amenhotep. Das Chaos ist perfekt!

Tatjana Kruse, Der Gärtner war's nicht! – Die K&K-Schwestern ermitteln. insel taschenbuch 4565. 316 Seiten

Piraten, Meerjungfrauen und ein Schatz – Konny und Kriemhild auf einem Roadtrip in ein maritimes Abenteuer, bei dem Blut und Lachtränen fließen ...

Drei Fremde schlagen die Pension von Konny und Kriemhild kurz und klein und verlangen von den beiden Schwestern, ihnen die Millionen auszuhändigen, die der Kommodore, Kriemhilds verstorbener Kapitänsgatte, ihnen schulde. Hat der Kommodore tatsächlich illegal einen antiken Schatz gehoben, seine Crew übers Ohr gehauen, den Schatz zu Geld gemacht und irgendwo gebunkert?

Auf der Suche nach der Wahrheit begeben sich Konny und Kriemhild – mit dem Kommodore im Handstaubsauger und Nacktkater Amenhotep in der Transportbox – auf einen Roadtrip in den hohen Norden. Dabei bekommen es die Frauen aus der Provinz mit knallharten Rockern, Hardcore-Kiffern, Hehlern und einer Frau zu tun, die behauptet, die Geliebte des Kommodore gewesen zu sein. Eine Achterbahnfahrt der Emotionen für die Schwestern und ein großes Vergnügen für die Leserinnen und Leser ...

Tatjana Kruse, Meerjungfrauen morden besser – Die K&K-Schwestern ermitteln. insel taschenbuch 4655. 320 Seiten.

NF 395/1/4.18

Auf Umwegen ins Glück

Alicia und Robert sind beste Freunde. Eines Tages jedoch ist Alicia plötzlich verschwunden, ohne ein Wort der Erklärung. Die einzigen Hinweise, die sie hinterlassen hat, sind drei Fotos und ihr Lieblingsbuch »Sturmhöhe«.

Roberts Nachforschungen in London verlaufen im Nichts. So begibt er sich auf eine abenteuerlichen Reise, die ihn nicht nur quer durch England führt, sondern auch zurück in seine eigene Vergangenheit ... Die Suche nach der Freundin wird immer mehr zur Suche nach sich selbst. Erst wenn er sich seinen wahren Gefühlen stellt, kann er Alicia finden. Und ihre Liebe.

Ein spannender Roman über unausgesprochene Gefühle und die Hürden, die auf dem Weg zum großen Glück manchmal genommen werden müssen.

Matthias Sachau, Alicia verschwindet. Roman. insel taschenbuch 4642. 300 Seiten.

Die Geschichte einer begabten, jungen Köchin zwischen Sterne-Küchen und leidenschaftlichen Lieben …

Gianna ist jung, temperamentvoll und ehrgeizig – und sie möchte unbedingt Köchin werden. Und zu den Besten gehören. Wo könnte sie das besser lernen als bei den Sterneköchen? Und so führt sie ihre Reise von der Heimatstadt Regensburg über Kopenhagen und Navarra bis nach New Mexico. An vier aufregenden Stationen lernt sie nicht nur die unterschiedlichen Kochstile berühmter und eigenwilliger Kollegen kennen, sondern erlebt auch ein Auf und Ab der Gefühle: Sie ist verliebt – und gleich in zwei Männer, in zwei Brüder, die unterschiedlicher kaum sein könnten. Während der eine Geborgenheit und Beständigkeit verspricht, verlockt der andere zu immer neuen, riskanten Abenteuern. Nach und nach entdeckt Gianna, worauf es im Leben wirklich ankommt …

Gabriela Jaskulla, Die Herbstköchin. Roman. insel taschenbuch 4663. 392 Seiten.